La isla y la tribu

Waldo Pérez Cino

La isla y la tribu

bokeh *

Primera edición en Bokeh, 2012 (Antwerpen: Bokeh)
Segunda edición en Bokeh, 2015 (Leiden: Bokeh)

© Waldo Pérez Cino, 2015
© Fotografía de cubierta: W Pérez Cino, 2015
© Bokeh, 2012, 2015

ISBN 978-94-91515-12-5

trattando l'ombre come cosa salda

Dante (*Purgatorio*, XXI, 136)

Otra vez no es ninguna:
mermada la ocasión, otra no dice
sino un índice, la marca torpe
de que haya pasado un día lo que ya
no volverá, y ahora es trasunto.

H Larsen

La reja

La niña, al piano, repite y repite con entusiasmo la misma frase de Haendel, se ríe, concluye y espera aplausos, mientras, con parsimonia, se inclina para saludar a la concurrencia. Adelanta un pie, se toma la falda del dobladillo –reverencia– y deja estar (¿con gracioso encanto?) el ramo de rosas en su mano izquierda. Las flores, recién sacadas de su jarrón, gotean el piso, su pantorrilla, y la gota la saca de su ensimismamiento.

Excepción hecha de las gotas y el charquito, todo lo demás pareciera de una postal –regalo para sus favorecedores– de los cigarros Aguilitas, lo que nos autoriza a describirla así:

«En imagen de sepia, la niña se acoda sobre el arpa (quién dice que la postal deba coincidir con su referente), y sonríe. Se lleva el índice a los labios, apoya, coqueta, las rosas en la cintura. El sepia anula los brillos y las sombras, pero se le adivina el pelo sedoso, los ojos de profunda mirada oscura. Como la imagen no quiere fidelidades locales, el fondo se difumina en tonos de arena; la luz misma es arenosa, punteada al grano, y sólo resalta la sonrisa de Roseta, primer plano sin fondo discernible. Roseta lleva una túnica, una pulsera en la muñeca, un ramo que es un primor».

Roseta, la que tocaba piano (no arpa) olvida por un momento –y tal vez para siempre– la gota en la pantorrilla, y se vuelve al jardín, donde acaba de llegar mamá y al fin, parece, van a instalar la reja: muchos ires y venires que le ha costado la reja a mamá, tardes de herrería para supervisar un trabajo fino.

Instalar la reja no es fácil: Roseta va y se sienta junto a la madre, en los escalones del portal, mientras los hombres se afanan. Entre dos, levantan una de las puertas de fierro. Otro empotra los goznes, donde ya uno hizo barreno en la cantería. Un otro engrasa bisagras, que parecen reacias. Roseta los mira, al compás de la frase de Haendel, y se duerme.

–Sueño pesado tiene esta niña, que no la sobresaltan martillazos.

La tarde cae, en ocaso de metales, barullo de ponientes, y ya está lista la reja, soberano portón de cancela. Llena el arco de piedra de la entrada, o sea, andará por los dos metros, más menos; la filigrana de hierro es profusa y densa. Para mejor, que la describan palabras:

«Volutas de fierro, volutas y el entramado que la luz, en numinosa indiferencia, desdibujaba en mediodías y –gradualmente– iba abandonando a la tarde: ciudad de balaústre en pirueta de la verja, de gozne clamoroso, donde ninguna visita es sorpresa de anunciada en chirridos de entreabrires (...) Rejones impuestos, por primera vez, a las murallas, y cuyos más afinados conciertos remedan, igual, el rejón románico, guarda y bastión, inmune a badajazos de ariete y enemiga tropelía; barroco que, mudado en finta neoclásica en altares, sigue siendo placer de movimiento en los rejones, en las cancelas mínimas incluso, en guardacantones (ese hermano bastardo de la reja) y en verjas separabalcones. Barroco en fierro, habanero al fin, barroco nuestro».

Persistente en el tiempo también, como gravedades y naderías barrocas, la Roseta nuestra, que va ya para los veinte: con sueño ya menos pesado, que si no interrumpen martillazos, sí temblores, resquemores de noche, manos suyas que se tocan a sí misma, y otros entreabrires: entreabrires de piernas, de labios, sobre sábanas demasiado frías y demasiado solas, también. En esos días de calores, Roseta sube al minarete, y sigue con los ojos las sombras que pasan en la sombra, parejas que regresan de la fiesta, hombres solos, mujeres en grupo, cuchicheando. Ahí está la reja: a los que pasan más cerca de la casa los ve Roseta al tamiz de su filigrana, marcados por la reja, más allá de ella misma. La reja siempre ha estado ahí. Y en su minarete, Roseta se mete la mano bajo el camisón, y se deja irse y venirse, tranquila. La reja está ahí, resiste el embate de arietes, de tiempo y de ciclones, y hasta el odio de Roseta.

La reja es una reja es una reja… Menos difícil que imaginar un primer nomotetes asperjándole, con hisopo bautismal, agua de bendición y nombre –Reja te llamas, eres tu nombre y la mención de tu nombre una palabra, no eres palabra sino cosa, pero por las palabras te conocerán– es imaginar al yunque y al herrero, en un atardecer cualquiera del Cerro, martillazo un poco ebrio, redundante, martillazo, remache y calores de herrería. Al herrero se lo puede describir de muchos modos, tal vez (¿por qué no?) así:

> Son sin ton ni son,
> pica el yunque,
> bongó.
> Sóngoro rejón
> alza el vuelo,
> tambor.
> Tómate tu ron,
> quiebra el fierro,
> calor.

Etcétera, etcétera: tal tipo de descripción, abundosa en sóngoros y cosantes (¿cosongos?), repugna a Roseta, probablemente (si algo hay que autorice a un narrador a formular juicios estéticos) con razón. La madre de Roseta, en cambio, supervisaba los trabajos sin ron ni tambor, más bien, con abanico y chalina:

–Pero esos peces, maese Guzmán, desentonan con el estilo.

Que los quiere en puro estilo *liberty*, guirnaldas de fierro que sean volutas de flores, entiéndase. E importuna labores, ensalza, condena, aprueba.

De aquellos tiempos, Roseta recuerda el piano, tardes y mañanas al piano, perdida en el pentagrama y el jardín. Mamá, de supervisar herrerías, llegaba tarde, cansada pero sonriente. La reja no estaba aún, pero sí estaba: algo estaba por ella, una conmutación que indicaba una ausencia, marcado y no marcado, *merkmalträgend*. Presencia prevista, acaso, en el subrayado de su ausencia, en el arco de piedra huérfano de gozne y cerrojo, de cometido y función.

Presencia jeroglífica de la reja: como escrito en piedra (¿en la piedra Roseta?), signos misteriosos que leen otros signos.

Síntoma de sí misma, en cambio –jeroglífico sin escoliasta–, la imagen de Roseta más allá de los veinte, como una foto en blanco y negro de algún estudio de Galeano: camina apresurada, se nota en el pelo que se mueve, y sola: esos extraños lentes terminados en punta, combinación (¿no será la foto?) en negro y blanco, le acentúan la edad. Silba, o parece que silba, alguna música. Sigue llevándose, a cada rato, el índice a los labios, pertinaz. Los gestos, como las piedras, insisten en perseverar en su ser, imitándose su propia forma.

Pero la Roseta real no va por Galeano sino por Zapata, al cementerio. Flores también, pero no de niñita premiada, sino más bien domingo de duelo; Roseta deambula entre los mármoles de Colón, precisa alguna tumba conocida entre los olivos, reparte las rosas. El herrero que amaba a la dama de chalina y abanico debe ser cadáver (¿mas polvo enamorado?) ha mucho, Roseta pone el ramo a la tumba de su madre y, razonablemente, ignora la muerte del otro.

La reja, como piedra o gesto, sigue estando ahí, en el mismo lugar donde, hace muchos años, la puso en el mundo –como Dios a sus criaturas– el herrero Guzmán.

—Maese Guzmán, que gloria hubo.

Gloria o glorias varias: una, secreta, casi murmullo, y otra de fanfarria y oropeles, y otra última, tránsito de muerte, todas (aún las que no sabemos) gloria al fin, tanto de vano y cuánto de ruido —y tanto menos de nueces—.

Primera gloria: Guzmán trabaja entre fierro y cabilla, un día igual a los otros. Que empieza a ser distinto cuando, de un sedán negro del veintinueve, desmonta una dama que lo interpela:

—Usted es Guzmán, y le hizo una verja a los Peralta. Yo quiero una, más grande y que sea más fina.

Para servirle; a tomar medidas se va Guzmán, sentado con un poco de engorro en los asientos de cuero mientras la señora maneja. Pequeña gloria, y triunfo, ante compañeros de gremio, pero hay más: la señora tararea, por lo bajo, a George Olsen y *beyond, beyond, beyond the blue horizon*; entre tarareo y tarareo, la señora le describe la reja —que de prevista, ya existe—, y caballero se siente Guzmán, en escolta y guardia de Dulcineas, caballero: más, más, cuando su fermosa dueña le refiere viudeces y soledades, pasado de sí misma, confianzas que (siente Guzmán) están fuera del encargo.

—El que era mi marido quería esa reja, yo la quiero por cumplirle el deseo y por la niña, no sea que se salga a la calle, y además ¿qué hace un muro sin cancela?

Roseta —Roseta niña, como en postal de colección— corretea por el jardín, quiere que la midan con la cinta, pregunta vaguedades.

Roseta —Roseta en su minarete— busca como quien busca silencio, hace ya tiempo, algo a que aferrarse: un hombre, un gran amor, verdades y respuestas o, más bien, verdades y respuestas practicables. Sabe —y duele— de amores pasajeros, hombres apenas entrevistos y felicidades en pérdida trocadas, verdades demasiado (o demasiado poco) terrenales, y muy poco terrenables. Un día, en alguna despedida, Roseta se aferra a los balaústres, por una hora, dos: el tiempo muere y con él todas las cosas y —se dice Roseta— ella con él. Los relieves del fierro se le marcan en las manos, a Roseta la saca de sí misma un aguacero de algún norte, y sabe que no puede retornar ya de algún lugar que no precisa —algo como exilio o partida o afasia—; saber el retorno imposible (piensa) es un alivio y una cruz.

Como en la caverna de Platón, las sombras le pasan por la reja, tras ella. Juego de sombras chinescas, pantomima que no alcanza. Sombra y bulto son lo mismo.

Roseta no recuerda, por supuesto, que Guzmán —como Casandra diciendo lo que no sabe— lo había dicho:

—Su niña tiene una mirada de otra parte, señora, de angelito.

Ni que su señora madre lo escuchaba, tarareando algo, y estamos en las glorias de Guzmán: sobre las seis —cuando la herrería del Cerro se sumergía en soledades— iba la madre de Roseta a supervisar trabajos y finezas de quien ya se sentía —para sí solo y en secreto— caballero de fermosa dueña:

—No tan exuberante la cornucopia, mire usted, como que más quebrada, digamos.

Las tardes en la calor de la forja ya iban siendo, para la señora, por lo menos hábito, aleluias para Guzmán. Con ojos distintos (¿quién cree ya el milagro de la mirada idéntica?) veían lo mismo: la reja formándose según (de un lado) un deseo, y un oficio (del otro); un hombre y una mujer distantes —por muchas razones— en los mismos doce metros cuadrados; la luz cenital y los ruidos del Cerro colándose en la pieza, la —¿más bien enorme?— Calzada de Jesús del Monte.

Las diferencias explican el que una vez, tras haberle cambiado una llanta al sedán de la señora, prevalecieran respetos sobre deseos: la señora apoya las manos sobre la espalda de Guzmán, inclinada, y en lo mal puesto de un broche el herrero vislumbra delicias de Cantar de los cantares, pezones de rosa, senos que lo tientan; pero se vuelve y sigue trabajando, que algunas veneraciones distancian lo accesible. Y la soledad distancia desmesuras: la madre de Roseta se incorpora, se arregla el escote, recurre al abanico.

También las diferencias explican el que Guzmán, que no durmió bien esa noche, no haya resuelto (por ejemplo) desvelos así:

> Posiblemente estar muerto;
> Haber querido ser recto.
> Por siempre ser en el coche
> Aquel que escinde la noche.
> Haber respetado un broche
> Que ofreció dulce concierto.

Guzmán simplemente se esmera en su labor, hacedor de fierro fino; monta y desmonta las volutas pidiéndole a la Virgen lo que él dejó pasar, cumple, en oficio de herrero viejo, los deseos de la señora. Como los paneles de la reja, otros deseos se forjan y se deshacen, también, en ligazón de querencias y acatares: la madre de Roseta sabe cuando Guzmán la mira –y se deja mirar–: *beyond, beyond, beyond the blue horizon.*

También Roseta –Roseta, que va ya para los treinta– deja pasar cosas, oportunidades, vidas: todos los días la reja se cierra tras ella, Roseta pasa los cerrojos y deja fuera al gran amor, que no aparece, al hombre de su vida, que tampoco, a las verdades y respuestas que prefiere buscar dentro, desde su minarete. Calladas querencias que, de ser dichas fuera del Gran Amor, del hombre que no sea ese, a ras del suelo, más allá de la reja, teme Roseta que serían polvo, arena, música que se torna ruido. De cierto modo, Guzmán pide algo parecido a la Virgen: que su secreta gloria no devenga –de un plumazo de desprecio– ridículo triste.

Las cosas son lo que son, sin arreglo –siente Roseta–: la reja es una reja es una reja. Maese Guzmán, que más que filosofemas vive oraciones (y buen oficio) meramente implora, y su oración se construye con las formas de la reja, panel tras panel.

Como aquella historia del juglar de Nuestra Señora, que ejerció devotamente ante María las habilidades de acróbata y de saltimbanqui, hasta que la Virgen, conmovida, descendió en imagen para enjugarle el sudor de la frente. Los hombres olvidan –intuye Guzmán, en hacienda de entramados– que la eficacia de la oración no está casada a su forma, sino más bien a su fondo o tal vez a las circunstancias, como la vida piadosa.

Bien distintas, entonces, de las de Guzmán, las glorias de Roseta: mañana odiará la mañana, pero esta noche se escapa de su afasia y de su exilio, en callada fiesta hasta el amanecer; la otra –la otra noche– se dejó ir con otro –otro hombre– en locuacidades de alcoba, sólo por sentir que de algo se libraba; y siempre se despierta Roseta odiando la luz, el mediodía, cansada. En vez del sepia de postalitas, más bien parece Roseta a la noche una *pin-up girl* de Vargas, medias con ligueros y las tetas reventándole el corset; a la mañana, la misma imagen de revista, pero manoseada por todo un batallón en Normandía. Cuando al fin consigue despertarse, tras café y cognac, Roseta sabe que otra vez está viviendo posposiciones, que su hombre no es el de anoche, que no conoce su gran amor y que nadie entiende sus palabras –polvo, arena, música vuelta ruido–. Alma jeroglífica de Roseta que, mientras no muestre su otra cara, nadie va a leer: como la piedra Roseta, dice lo mismo en varias lenguas, pero cubiertas por sí mismas, las caras descifrables van ocultas. De sí, Roseta muestra lo que nadie entiende. Ella lo sabe, mas no sabe remediarlo, y siguen yendo y viniendo, en chirrido de goznes, sombras tras la reja.

Demasiado lejos busca Roseta, ya lo dijo Guzmán:

–Algo de angelito, señora, tiene su niña.

El día que instalaron la reja, Roseta niña interrumpió su sesión de piano –tocaba algo de Haendel, pero cómo recordar qué– y se sentó, en el quicio del portal, a ver dar mandarria y barreno, empotrar las hojas, cerrar el jardín. Faltaba maese Guzmán ese día, y mamá estaba extraña: Roseta, sin darse cuenta, se durmió con sus rosas sobre el regazo, sin importarle martillazos.

Guzmán, en plenitud casi de éxtasis, daba gracias a la Virgen en la Iglesia de Regla. Guzmán cumplido caballero, Guzmán en acción de gracias, y la Virgen –así podemos imaginarlo– enjugándole la frente: Guzmán vive todavía (como si esos momentos se le eternizaran) las últimas horas en su cuartón del Cerro, y la señora en sus brazos; Guzmán se felicita por la palabra justa.

Que encontró en minutos de última sesión, cumplida en acabamiento de la verja; en halagos se deshacía la señora, satisfecha, y encontró Guzmán requiebros; en latidos se le fue el abanico a la señora, y luego al piso, mientras Guzmán le buscaba el cuello y le deshacía la cofia, y tras el abanico, luego ellos: tan larga como su viudez sintió la hora la madre de Roseta, tanto cuanto se iban, ella y el Cerro, en atardeceres y éxtasis.

La reja descansaba sobre cuatro burros de herrería, a medio camino –sintió la señora– entre el piso y el cielo. Y gracias, Virgen Santísima, Guzmán viendo los fierros acabados, la promesa de Cantar de los cantares hecha carne, piernas, cuerpo. Ahora da gracias, arrodillado en la iglesia; más atrás está la bahía y luego la ciudad y más allá el mundo, en todas partes pasan cosas al mismo tiempo pero Guzmán es sólo ese momento, colgado en la mirada de la Virgen.

Mística y placer, Cuba profunda, o tal vez, con cierta dejadez patriótica, Oración y recholata, a Dios gracias: Roseta espera y desespera su Gran Amor, *aeterna res*, pasándola con hombres que le duran una noche. La reja se abre y se cierra, chirrido tras chirrido, y sólo ella permanece, prisión de sí misma, en puro estilo *liberty*.

La reja empezó a estar en casa de Roseta –que era entonces la casa de la madre de Roseta– a partir de aquel día: Guzmán cumplía promesas en Regla, la señora, más alto que nunca, tarareaba (*beyond, beyond, beyond the blue horizon*) y, cuestión de buena familia, un periodista tomaba nota. A esa nos referíamos, otra de las glorias de Guzmán, papel impreso en la página de sociales:

«Como grata noticia, nos llega la de que ayer fue develada, en sencillísima ceremonia que dispendió la señora viuda de Sánchez-Cadals, el portón de su residencia en las alturas del Vedado (...) Varias señoras, de los más granado de sus amistades y por ende, de la sociedad habanera, asistieron alborozadas al cocktail-party, tras el cual, en breve exordio, la señora Sánchez-Cadals agradeció los buenos oficios y maestría artística del artífice herrero que llevó a cabo la confección de la reja, maese Pedro Guzmán, y dijo cumplir la voluntad del que fue su cónyuge al disponer la realización de la obra en el más puro estilo liberty (art-nouveau). Los últimos años de su vida, el señor Sánchez-Cadals había fungido como importador para nuestro país de la renombrada casa Tiffany. Concluyó la ceremonia la preciosa niña de la anfitriona, quien interpretó al piano, con prometedora gracia y encanto, fragmentos de una sinfonía de Haendel, para regocijo de los asistentes».

Los compañeros de Guzmán leen el periódico y lo felicitan, congratulaciones en las que, tal vez, se filtre un poco la envidia, pero ahí está Guzmán, en su gloria.

Y entre los mármoles de Colón, pasea Roseta, un domingo al mes, ignorando –cosa extraña– todo eso. Pero sabiendo otras cosas: Roseta deja las flores en la tumba de mamá, y se pierde entre los panteones y los laureles buscando una suerte de paz –paz en paz, no paz pulsada–. No es el silencio de Colón, ni la reverente cercanía de los muertos, ni siquiera el que, en un camposanto, todos parezcan a todos ocupados: no. Es la ausencia de la reja, que cerca al mundo en dos mitades, pero que no alcanza a Colón.

Tal vez porque el cementerio también está enrejado –y son ya los fueros de otra reja–. Tal vez porque Roseta, sin darse cuenta, ha establecido ahí sus propios fueros. O porque sí, porque es así: la reja es una reja es una reja, pero ahí el mundo –al menos para Roseta– es otro. U otra la reja. Cuando Roseta, de regreso, cruza el pórtico, siente de un modo pesado que va al encuentro de la suya, de la reja de Guzmán, *Petrus faciebat*. Camina hacia la entrada sabiéndolo: Qué se le va a hacer, entonces.

La señora no fue más donde Guzmán; Qué se le va a hacer, debe haber sentido, pero de manera horra y profunda, Guzmán cuando ella le pidió que no la buscase: qué se le va a hacer, duele Guzmán, caballero de su dama. Y hace con más desgano que esmero unos cuantos encargos de otras casas –de las que, por supuesto, no viene nadie a corregirle primores en el hierro. Se mira a sí mismo: solo, en el Cerro inmenso, aguardiente y martillazo. Se desgasta, tratando de repetir una reja como aquella, pero sabe que la única fue esa: los mismos florones, en otras, son ramplonería retórica; la misma ligazón de ramas de fierro, más oropel que engarce, amasijo sin gracia.

Mas… ¿cómo imaginar la muerte del herrero?

«Camina en las riberas del incondicionado y el súbito, el ansioso. En su gravedad pierde el peso, se mueve con los pies de Eco, aguijonada por los tábanos; entrevé visiones momentáneas, de limbo y de infiernillo. Maese Guzmán seguía la faroleda de Paula, guiado por la sierpe lucífuga, con reminiscencias, su paso, de la frase última de Goethe, *Mehr Licht*, y las cortesanías contrapunteadas de la sentencia famosa de Tertuliano, Es posible porque es imposible. En esos acrecentamientos de conjura, no esperada una figura es una flecha, fulge el súbito, disfrazado de hilo saturniano y grito virotista. Los herreruelos de coyundas gremiales lo interpelan, primer fulgor de lo incondicionado, la casualidad del encuentro en la Alameda de Paula, lejos de la zona del trabajo y la camaradería de labores. Toman Arrechavala a pico de botella, uno le pregunta, como para ir abonando pendencias, si puede descender de sus copetes de auto y linajes rancios para sumarse a las libaciones callejeras. Guzmán ignora el agredido, *Un trago nunca se rechaza, más en noche de diciembre,* quiere aliviar de imantaciones nefastas el trato y sonríe, en medida cortesía. Pasa la ronda de la botella y los herreruelos, en las sombras de su embeodura, quieren ahondar camorras, preguntan por la rubia de la reja, Guzmán presiente que la noche se pierde en irisaciones de muerte. Quiere volver sobre sus pasos, para que no se sobresalten lindes, pero uno de los imberbes suelta la grosería cenagosa, como una espátula que le raspa las heridas: *¿La puta del carro se te fue con otro, Guzmancillo?,* ello convoca las Parcas de la cólera, la cuchillería y la bronca. La maldición cainita se rompe en botellazos, alguien se aparece un cuchillo de matarife y Guzmán despacha al insolente con el barquero de la Estigia, pero su ángel lo abandona, otro de los peleadores le raja el cuello con una navaja, la sierpe lucífuga de las farolas de Paula se le pierde en espiraloides, más luz, más luz, y se remonta en el río de la muerte. *Su destino estaba cumplido, cuando lo vi supe que estaba buscando las aguas del Leteo,* le dice un bachiller a la gendarmería que se arremolina, inquiriendo el sucedido. Cumplida, la causalidad se ha replegado, dejando sitio a lo incondicionado, al fulgor y a las voracidades saturninas».

Más o menos así –cuestión de estilo– debió morirse Guzmán, sin penas ni glorias: las glorias fueron sólo las suyas. Lo velaron en la capilla de Regla, cerca de la Virgen que le concedió su milagro personal; como aquel santo juglar de Notre Dame, que en soledad vivió la oración y solo el milagro, y su gloria.

Que qué se le va a hacer, en fin.

Y más o menos en lo mismo, Roseta: su última adquisición fue un catalejo inglés, desecho de la guerra de Corea. Le acerca las sombras, Roseta identifica personas que pasan, le conoce los horarios a dos o tres, sabe a qué hora se acuesta el matrimonio de enfrente. No conoce a ninguno por su nombre, pero le gusta burlar la reja: desde su minarete a veces distingue personas en el cementerio, una mujer, un entierro, el capellán. De noche, la reja le compite visiones –y sólo distingue Roseta siluetas en una ventana con luz, focos distorsionados (como las últimas luces de Guzmán) en algún local de concurrencias. Roseta se defiende de la reja, y se tiende, desnuda y a oscuras, en el piso de su torre, persiguiendo sombras chinescas con su catalejo mientras algún amante la posee; la imagen se le mueve, se le multiplica, se estremece con ella, y Roseta se pierde en esas sombras que no alcanza a vislumbrar, sin cara y sin nombres.

Prisión de sí misma, la reja está ahí, su existencia es ocurrencia y acto y proceso: siempre, entre sístoles y diástoles, se le va el catalejo o la vista a Roseta, y ahí están, como moviéndose, las volutas de fierro en espiraloides vegetales, la balaustrada de lirios y acantos, como si fueran –siente Roseta– los márgenes miniados de ella misma. Páginas de un breviario jeroglífico, confundiéndose, en tupida mescolanza, los signos que nadie entiende y las viñetas que los orlan.

La oración, también, de Roseta –el gran amor, el hombre de su vida, las verdades y respuestas perdurables– se confunde con sus orladuras; dónde termina el jeroglífico y empieza el oropel ya no lo alcanza, los ojos pierden ese horizonte azul.

Un día, el jardín de Roseta se llena de gente, de curiosos; la reja está abierta y sigue, por primera vez, abierta en mucho tiempo: cuánto le hubiera gustado a Roseta, de par en par, un rato largo.

Pero, ¿qué tal si tanta historia jeroglífica es falsa, si los actos de Roseta no se entienden por lo que todos esos signos vagos muestran, si hay, en la reja y en Roseta, sólo viñeta, ornamento, barrocas naderías? Tal vez todo mienta, desdibuje, distorsione, pero una reja es una reja, sin duda, y la oración, ya en sus balbuceos, cosa recabando cumplimientos, no más.

—Algo de angelito tiene la mirada de su niña, señora.

Diciendo lo que no sabe, como Casandra, Guzmán: ahora Roseta está muerta, a unos hombres que no conoce les cabe determinar si fue asesinato, o suicidio, lo que la lanzó del minarete, en vuelo de segundos, sobre el jardín. Entre dos, echan el cuerpo a un lado; uno —después que los reporteros han hecho su trabajo— le tira una sábana encima. Otro aguanta una hoja de la verja, para que la saquen en camilla, y le acomoda una pierna, que se sale de la tela. Las cosas son lo que son, sin arreglo; dos o tres periódicos, en crónica roja, publicarán la foto de un cadáver en un césped, y todo lo que hay de cierto estará ahí. Tal vez —concedámoslo— falte en la foto la reja.

LOS NOMBRES DEL VERANO

El tronco se empotró de una vez en la piedra y ya no pudieron moverlo, y ahí se quedó. Tampoco importaba mucho, lo dejaron allí. Salía más a cuento traerse hasta aquí las toallas, igual quedaba cerca la playa. Y nadie quería bañarse, no de momento, de noche el agua es fría y no apetece. Hay quien dice que aquí, en la costa sur, es más fría siempre, y más oscura también. Y sí, puede ser. No sé, pues habría que ver las dos costas a un tiempo, o gastarse muy buena memoria. Yo misma arrimé las botellas y Laura se apropió de la piedra de arriba, se sentó como en una atalaya y luego ellos dos se tumbaron, para qué habrían movido entonces el tronco, no tenía ni pies ni cabeza. Pero está bien, da lo mismo, menos tendría volverlo a su sitio. El Más Alto, que era también el que conducía y podría haber sido el Más Locuaz, nos preguntó la edad y esperó la respuesta de Laura, también yo la esperé. Los dos eran muy jóvenes, tanto que mejor no asustarlos, Laura dijo treinta y yo resté igual, treintidós. El Más Tímido —seguro— sumó, Yo tengo veinte y él veintitrés, pero se veía que sumó más que Laura, se le notaba bien en la barba y también en las manos, podría haber sido el de las Manos Pequeñas, o el de los Cañones Aún Lacios. Demasiado complicado, nosotras mentimos primero —o Laura, yo resté igual que ella— así que concedimos que sí, qué más da, recuerdo que pensé que era lo justo. Pero en fin —y qué más da, si no importa—, hasta ahí daba igual, después ya no.

Después el Más Alto se trajo del coche una cámara, una zorki o una fed rusa, una de telémetro en cualquier caso y creo que de colección, no sé bien. Hay que inmortalizar el momento, eso dijo. El Más Tímido se puso a mi lado y noté que sudaba, se acercó con rubor: tal vez, pensé, la foto justificase haber cargado el tronco hasta aquí. Se acomodó al lado mío y me tomó de la cintura, Laura se quedó arriba en la piedra, ella siempre sonríe de lo más bien en las fotos, yo no. Nunca vimos las fotos –ni quiero– pero me pareció que tampoco el Más Tímido –tampoco queda bien ni sonríe, él sí seguro las vió, como deben manosear esas fotos si es que existen aún–, que seguro sale en las tomas muy serio o con un rictus amable, una mueca. Laura chilló un poco por el clic, un obturador de los que suenan, hizo algún aspaviento, de broma, pero el Más Alto le preguntó si le gustaba gritar, Es que te gusta, le dijo, y Laura que sí, Sí me gusta, por qué. El Más Tímido me apretó algo la cintura, sentí la presión como cuando alguien te calma. Y cuándo es que te gusta gritar, sondeó el Más Alto, se lo dijo muy bajo y con la voz grave, o tomada, Cuándo es que gritas y qué cosa, si se puede saber, tú dime.

Grito cuando me apetece y me lo pide el cuerpo, o cuando me asusto y también si me harto, a veces grito por nada y me anima, otros días no me anima gritar, grito por placer o cuando siento placer, cuando me corro grito que es un primor, la que armo, y antes también, el segundo a la víspera, ya después no, y grito cuando cruza un perro la calle, y cuando me sorprenden con algo, y cuando me encuentro con alguien que no veo de hace mucho, o si me despierto sin saber dónde estoy. Y lo que diga, pues depende. Puede ser Dónde estoy, o Ay si estás igualito o Cuánto tiempo sin verte, o Ay –sólo Ay– o Cuidado con el perrito cuidado, o Ay qué rico qué rico vente conmigo qué rico, o Coño qué susto me diste, o Coño –a secas, sólo Coño–, o Está bueno ya, no sé, todo eso es variable y depende, ¿y por qué? Y apostilló ya luego en puteo, Bueno, si se puede saber.

El Más Tímido me apretó entonces el muslo, no pensé que fuera una caricia o así pues temí lo peor, lo mismo de antes, un aviso o miedo tan sólo, como quien ve lo que se avecina o lo teme. Le puse la mano en la suya, no sé él qué habrá entendido, supongo que entendió lo que era porque apretó de nuevo —como quien ofrece calma, o protege. El Más Alto no contestó, o sí, dijo Ah. Se tiró en la arena —había estado hasta entonces de pie— y tomó otra foto, hizo ahora un scorzo raro, de abajo hacia arriba la imagen. Habría que bañarse, eso dijo, lo dejó caer sin entusiasmo sino más bien como se dice Habría que saludar o Habría que pasar ya, no sé Laura, yo sí que sentí el protocolo o es que ya iba adivinando el ritual. Se desnudó despacio, si no tuviera miedo lo habría disfrutado quizá, rogué porque Laura no gritara y que ni abriera la boca. El Más Tímido me dió ahora una palmada pequeña, se iba desnudando él también, me llamó la atención, los pantalones primero. Se incorporó y me ayudó si se le puede decir, y Laura de lo más divertida, eso lo peor de todo, allá arriba en su piedra; el Más Tímido me sacó la camiseta y se enredó con el sostén, por supuesto, no podía ser menos. Lo ayudé ahora yo a él, y sentí el fresco de pronto pero, es curioso, no tuve rubor. El otro se volvió, ya había enrumbado a la orilla, se volvió para mirarme supongo, hizo un gesto con la boca que supuse de gusto pero también de premura, Dile a tu amiga que venga, qué espera, esto es hoy. Me saqué la falda y las bragas a una, mejor así, de una vez. Laura bajó de la piedra muy fácil, como si lo hubiera hecho de siempre, la miré a ver si entendía y el Más Alto tiró de nuevo más fotos, cuatro o cinco, crac clic, Laura quedó atrás de nosotros y me pellizcó una nalga, también una al Más Tímido. El Más Alto me miró pero no dijo nada esta vez, no dijo Esto es hoy ni nada en concreto —no dijo nada, no hubo ninguna palabra– pero igual comprendí. Laura no –Laura no–: Laura sonrió y dijo Oye cuando yo la toqué y lo dejó colgado en el aire –oye...–, en qué estaría pensando la muy tonta, le desabotoné la camisa y se dejó hacer, menos mal. El Más Tímido le soltó el sostén a la espalda ya sin torpezas ahora, se aprende rápido a veces, pero Laura lo sostuvo con las axilas y me miró como quien reta o quien juega, o reserva a quien corresponde lo suyo, y espera que cumpla. Se lo saqué evitando tocarla, no sé si entendió por fin pero separó ella sola los brazos del cuerpo, y lo dejó resbalar. Hacía fresco. Me fijé en los pezones, los tenía apretados y duros y toda la areola una pasa hacia el centro, como los de una mujer que ya es madre y ha amamantado recién, también los míos, los miré un segundo nada más, me sobresaltó el ruido de cuando se corre en el agua, la zambullida luego, y las brazadas. El Más Alto nadaba con elegancia y despacio, sacaba apenas la cabeza, no salía de su ritmo.

Pasa algo, dijo Laura o más bien preguntaba, yo le abrí los ojos pero no sé que entendió, me acarició el cuello y sonrió, algo como un guiño. Me gustó –y esto sí lo afirmaba–: A estas alturas, quién lo iba a decir. El Más Tímido la tomó de los hombros y le dió la vuelta hacia él, ya no vi su cara pero me la figuré sonriente también, Haz lo que te diga, le dijo, Y qué cosa me vas a pedir, Haz lo que te diga –insistió, su cara sí la veía, un rictus amable como el que le sonsacan las fotos, por nada una mueca–, Haz siempre lo que te diga él que va a ser lo mejor. Me voy a que me digan, le dijo, me voy a que me ordenen y manden y ahoguen, me voy corriendo ahora mismo. Y lo hizo, correr e irse, está visto que no entendió nada ni sospechaba siquiera, se fue corriendo hasta la orilla, a la orilla se detuvo y se desnudó ya del todo –para nosotros supongo, se contoneó como si bailase u ofreciera su carne, para nosotros sin duda pues el Más Alto nadaba a buen ritmo. Lo estoy haciendo por ti, me confió al oído el Más Tímido entonces, es por ti que lo hago, tonta. Y yo qué podría haberle objetado –nada–, así que asentí. Nos está mirando seguro –él con miedo también–, Ya ha pasado otras veces pero no quiero esta vez. Qué otra cosa iba a hacer sino lo que dijo, fingir, me besó en la boca –o fingimos– y nos fundimos en uno, en la mentira y yo también de verdad, me excitaba aunque reconocerlo aún me cuesta, él no, estaba fláccido, venía a cuento ya revolcarse en la arena. Hice lo que había que hacer y qué otra cosa podía, nos arrastramos hasta el promontorio de piedras donde quedó aquel tronco empotrado, qué estéril su estiba, yo recogí de un manotazo unas ropas que no sé si eran nuestras. Llegar al carro fue fácil. Nos tumbamos para que no pudiera vernos, me besó de nuevo y qué sentido tendría, o quizá fui yo a él. Arrancó cuando oímos el chapoteo de correr en el agua, y la zambullida enseguida, y luego las brazadas de Laura no tan rítmicas pero sí con firmeza.

Salimos a la carretera muy pronto, había otros coches y ya no estaba sola. Y no podía hacer otra cosa, no sé si me entiendes, no pude.

Los gemelos

Fanegas y fanegas de tierra mil, que los brazos apilaban y apisonaban sobre la tierra, buscando, tras los hoyos y los montículos, la línea recta de un terreno demasiado arisco, las nuevas líneas rectas de una villa que ya habían intentado fundar varias veces: fanegas de tierra, polvo y los aplicados obreros de la tierra veía el hombre mientras cruzaba la plaza, en el silencio arrebolado de un despertar hosco. Los conocían –a él y al hermano– como los Gemelos, aunque no eran mellizos; la gente eludía nombrar su historia, pero nadie podía evitarse mirarlos. Cuando el hombre se percataba, eso sí, le rehuían la mirada.

Son los hijos del último Porcallo –me dijeron un domingo–; luego, a la salida de la iglesia, alguien conjeturó (no sin mala fe) que qué confesiones podrían hacer aquellos dos. Otro día, una de las esclavas de Don Zequeira –mi primer y, todavía entonces, mi único amigo en San Juan de los Remedios– no pudo contener unas lágrimas porque el menor le balbuceó unos insultos. A usted que es escritor, señor Bode –prometió Zequeira de Hervás– un día le voy a contar esa historia.

Me pagó la deuda, en efecto, una mañana de octubre, en ese único (y tan breve) conato de otoño que se permite la isla. Llegué tarde a la cita, y me disculpé varias veces. Pero a Zequeira no pareció molestarle. Había estado trabajando la doma de un caballo joven y entero, una bestia recién comprada e indócil; cuando se limpió el sudor de la frente, me narró –sin pausas, con la condición de no interrumpirlo– la suerte azarosa de los Gemelos. Su verba, que trato de imitar, fue parca; se limitó a eventos últimos que en mi prosa, tal vez, se contaminen de circunstancia. No obstante, creo respetar su llano acierto.

~ ~

«Los Gemelos son de prosapia ilustre. El primer Porcallo –Porcallo de Figueroa– fundó este pueblo, algunas leguas al sur; no poco lo torturó, porque aquel hombre no era bueno, pero luego se fue a buscar El Dorado a la que es hoy la Florida Francesa, con De Soto, un nombre que de seguro habrá oído. Porcallo abandonó a De Soto en medio de la expedición, alegando que estaba viejo y cansado, aunque antes no lo había recordado; fue oportuno, porque en poco tiempo los indios mataron a Don Hernando, y se cuenta que se comieron a su gente; al capitán lo enterraron y lo desenterraron mil veces, en el lecho de un río. Eso se lo puede preguntar a cualquiera, todo el mundo lo sabe.

Pero ya le dije que el regreso de Porcallo fue, convengamos en eso, demasiado oportuno; se rumora que andaba en el secreto de algo; dicen que había sido él quien hizo fracasar la expedición del veintiocho, que comandaba Narváez. Lo cierto es que al regreso se estuvo tres meses en La Fuerza ocupando el lugar de De Soto; Porcallo era famoso por ser dado a las mujeres, y rumoran también que tuvo un hijo con Isabel de Bobadilla, la viuda de Hernando; aunque el hombre, a la verdad le digo, andaba entonces por los sesenta.

Voy a omitir detalles: finalmente se vino a Remedios con un hijo, o con un ahijado suyo que heredó su apellido; si la Bobadilla era la madre del niño, quién se lo podrá decir... A lo mejor era un hijo del diablo, pero sea lo que sea lo tuvo que haber criado solo, con el auxilio de alguna nodriza y de ayas innumerables.

Ese Porcallo, hijo de Figueroa, fue el bisabuelo o el abuelo del que usted ha visto en la finca; el otro, el mayor, es un hermano postizo que el padre le endilgó a éste porque los dos niños –así lo contaba mi padre– se parecían como dos gotas de agua. El tiempo, como verá, fue limando las semejanzas.

De la madre del muchacho –del verdadero Porcallo– se rumoraba que murió en el parto; por eso le digo yo que no fue la Bobadilla. Aunque tampoco podría serlo, de ese; del padre o del abuelo, quizá: ya ve como los tiempos se confunden. Algunos aventuran que murió antes, y que le rescataron a la criatura del vientre, pero habrá de ser una fábula; usted, que es hombre leído, podrá dilucidarlo. El caso, yendo a lo llano, es que a Sebastián Porcallo hubieron de criarlo solo, tal como criaron al primer Porcallo cubano; pero el hijo no lo agradeció, que así es la vida: cría cuervos. El padre le impuso al que entienden por su hermano, que era hijo de una familia amiga; parece que los padres del otro murieron cuando las primeras revueltas con los piratas, pero el niño, que se trató bien con su –no sé–: ¿hermanastro?, no perdonó nunca que lo compartieran, ni que, ya mayorcito, su padre fuera la perdición de negras y blancas, el patriarca de mil mujeres. No sé qué disputas se habrán promovido, pero Sebastián –ya sobre los veinte– no vivía en la casa de familia, sino en una cabaña con Rodrigo; fue por entonces que empezaron a llamarles los Gemelos.

También por esa época llegó al pueblo una mujer, de nombre Fátima; la señora era de ley, y se daba a respetar. Como tenía un dejo extranjero, en el pueblo le pusieron la Francesa; el mismo mote o gentilicio que a cualquier extranjero blanco, por consenso de gente que sólo trataba con bucaneros de Francia. Nadie dejó de comentar las visibles mudanzas del Hacendado, y hasta el párroco local –De la Cruz– encomió la devota gracia del viejo pecador: el viejo se andaba enamorando, y el asedio duró menos de un año, pues Doña Fátima, finalmente, transó el matrimonio. El mismo De la Cruz los casó en la iglesia de piedra del centro de la plaza, y hasta hubo una fiesta.

A pesar del disgusto que los distanciaba, Porcallo le había conversado a Fátima sobre Sebastián y Rodrigo; acaso porque ahora creía entender la terca castidad que siempre le había reprochado a su hijo, y tal vez –para él– los halagos que ante la mujer prodigaba eran una suerte de reconciliación; también, ¿por qué no creerlo?, de vuelta a la mesura. A su paz. Por supuesto, ello no bastó al hombre; de algún modo, se las arregló para concertar una cena: el primer encuentro intencional, en un año, de toda la familia.

Esa noche los Gemelos conocieron a la nueva esposa del padre. Ya soy viejo, y no podría jurar si se trata de días; pero estoy seguro que fue aquella semana cuando reaparecieron los diablos».

❧

Creo que Don Hervás cortó la frase; se levantó y se disculpó por unos minutos, porque unos jinetes lo requerían. Conversó como si parlamentara, apoyado en la baranda del portal; yo no oía las voces pero algo pude entresacar de los gestos. Luego corroboré que se hablaba de caballos, y Hervás me comentó que alguien quería que devolviera el potro que había comprado. No había cedido, pero estaba visiblemente molesto. Luego de algunas quejas que atendí por cumplido, me siguió contando la historia.

❧

«Los Gemelos no quisieron aceptar una madrastra, pero mal que bien, se avinieron con el padre. Siguieron viviendo en las afueras, casi en el monte; al año, ya Rodrigo se veía con mujeres, pero Sebastián sólo tenía tiempo para prolongadísimas visitas a la casa paterna. Ya le había dicho que para entonces reaparecieron los demonios: hay viejos que todavía recuerdan que Remedios está sobre una de las tres bocas del infierno, y unos menos saben todavía que los demonios llegaron una noche de tormenta, para mortificar a los hombres de Narváez que hace dos siglos iban a conquistar El Dorado; el hombre que los guiaba —dizque para conseguir vituallas— era Porcallo de Figueroa, el primer Porcallo: no se olvide.

Pero no me dilato. Para cuando el padre De la Cruz avisó públicamente la presencia del Maligno, ya el hacendado Porcallo tenía una amante, aunque parece que seguía amando a su mujer, a la Francesa; la concubina, que era negra y se llamaba Leonarda, resultó que tuvo luego ochenta mil demonios en el cuerpo, según muy fidedigno cómputo del tribunal que la juzgó. El que la denunció al padre De la Cruz fue Porcallo. ¿Sabe por qué? Porque la mujer —o uno de los diablos— se dio a profetizar que el hijo del Hacendado había de tomar por mujer a la Francesa, a Fátima, su madrastra. Imagínese qué tolvanera: lo pregonó una tarde a gritos, por la calle principal, y hasta hubo quien le siguiera la rima.

No sé. En tierras donde todo el mundo, por afición o por tradición, profetiza, algún vaticinio ha de cumplirse. A Doña Fátima le gustaba cabalgar; una tarde, a lo mejor sin querer, se alejó mucho de la hacienda. Sebastián debe haber andado cazando cuando escuchó unos gritos; la mujer se había caído del caballo y se había roto un tobillo. Sebastián Porcallo nunca había conocido mujer, pero algo hubo que lo extrañó en la cara de dolor de su madrastra; cuando le tanteó el pie para vendárselo la mujer gimió, se arqueó hacia atrás y le apretó el hombro. Sebastián habrá pensado primero que le dolía, pero enseguida descubrió entre el rictus del dolor una sonrisa extraña. Le arrancó la ropa o ella se dejó arrancar la suya o las dos cosas. En algún momento, cuando ya su abrazo empezaba a confundirse con las contorsiones de la muerte, le pareció que un aura sobrevolaba sus cuerpos, y entonces sintió miedo y culpa y placer, todo eso junto. Nadie se murió, por supuesto; Sebastián llevó a Fátima con orgullo hasta la casa del padre, los dos en el mismo caballo. El hacendado Porcallo notó demasiada arrogancia en la conversación de su hijo, y una humildad desusada en el trato de su mujer. No hizo preguntas innecesarias; corrigió en algo la bizma, y luego ordenó la mesa.

Tampoco esa noche Sebastián durmió en la casa; regresando a la cabaña se topó con Rodrigo. Su hermano de crianza se escandalizó con lo que le contó Sebastián. No podía creerlo, repitió varias veces. No me lo creo: lo decía y negaba con la cabeza. Conversaron horas: habían decidido marcharse, pero al filo de la aurora escucharon un pájaro y Sebastián quiso probar una segunda ocasión, la última oportunidad, una despedida sin vuelta. Porque ¿quién abandona lo que sólo ha gustado una vez?

En fin... Imagínese usted, Bode, que el padre De la Cruz ya andaba en sus exorcismos; los vecinos dijeron que habían visto demonios voladores, y como siempre habían temido la rabia de los murciélagos, pues imaginaron los demonios como vampiros enormes y oscuros. Un viernes un diablo —es lo que se cuenta— dio cuatro o cinco trompetazos sobre el campanario de la iglesia. Y por heraldo lo tomó el padre De la Cruz, para predicar una purificación que fuera también una solución: un éxodo, la redención de la Gran Marcha y de la distancia, bien puesta y bien medida, entre un lugar problemático y una tierra de promisión que era, además, la suya.

Y los Gemelos se dejaron impresionar. Acaso demasiado ligados a la naturaleza, deben haber sentido que el incesto y la afrenta eran una transgresión de su orden, que protegido protege y destruido destruye; nadie creyó tanto en la palabra del cura como Sebastián, nadie las hizo tan suyas como él, ni tampoco nadie se opuso tanto como su padre. El hacendado Porcallo se acordó a esa hora de su nobleza de sangre: si un Porcallo había fundado la villa en ese lugar, y tras haberlo pensado muy bien, pues ahí se queda la villa. No había más nada que hablar. Más mueve a De la Cruz –dijo– amor de dineros que temor del infierno.

Acaso porque ambos estaban buscando un tema para enfrentarse, ahí lo encontraron: Más lo mueve a usted, padre, en esa fingida dignidad –le espetó Sebastián– temor del infierno que amor del paraíso. Porcallo, en el ofuscamiento de su rabia, sacó a Leonarda de las manos del párroco; después de todo, el hombre no malquería a la negra. Y como la posesa capital era Leonarda, así le restaba varias legiones de argumentos a los partidarios del éxodo. La pobre mujer quiso ser agradecida: le contó al hacendado Porcallo, sin publicidad ni pueblerino aspaviento, de las relaciones secretas del hijo con la esposa. Aunque se resistiera a no creerla, hubo que ofrecerle, para convencerlo, la triste constatación de los hechos. Porcallo aceptó.

Hacía años, cuando Sebastián era un niño, los piratas del Olonés habían quemado un ingenio. La maleza había respetado la construcción central de paredes de piedra, y se descolgaba en racimos y filigranas de las vigas que algún día sostuvieron el techo; a Fátima le había gustado el lugar, acaso por la hiedra en los muros y unas flores amarillas. Hoy habría que buscar el sitio en el monte, que todo se lo traga. Leonarda –que no me imagino cómo– sabía que era allí donde solían citarse los amantes; allí mismo condujo a Porcallo dos o tres veces, y no encontraron a nadie. Ya empezaba a maliciar la confidencia, pero la cuarta vez fue solo.

El cuchillo tuvo que haberle temblado en la mano, aunque, como es claro, no pudo perdonar a la mujer; en su último momento ¿qué extraña forma del placer habrá sentido que le entraba por la nuca? Ni usted ni yo sabremos a qué le supo la hoja de fierro, pero el caso es que Sebastián huyó, y que el padre lo dejó huir: y que nunca debió haberlo hecho. Lo último que oyó del hijo fueron gritos informes, juramentos terribles que iba sosegando la distancia.

Algunos dicen que Sebastián obligó a Rodrigo, pero yo pienso que los dos tuvieron culpa; si no, la tuvo la locura o la sangre. Los Gemelos fueron al pueblo; sabían que a Porcallo lo demoraría enterrar el cadáver, pero lo conocían bien y sabían que no dejaría de hacerlo. Las prédicas apocalípticas de De la Cruz habían hecho venir varios inquisidores de La Habana; Sebastián, al que la culpa hacía frecuentar la iglesia, había intimado con el cura. Llegó con una arenga altitronante, que la conmoción de su ánimo hacía más creíble: falazmente, convenció a los inquisidores de que su padre hacía invocaciones y maleficios en el monte, en un templo secreto. Todos sabían que aquel círculo de piedra había sido un ingenio, pero las palabras confunden a los hombres: se organizó una partida, y Sebastián Porcallo llevó al monte los perros. Como buenos inquisidores, los de La Habana precisaban un chivo expiatorio; pretendían, a lo sumo, prender al brujo, pero cuando llegaron el hijo del Hacendado le azuzó la jauría; los demás corrieron demasiado tarde para quitarle los mastines al hombre, que se dejó matar sin quejarse. Nadie puede decir que Porcallo no quisiera a su hijo; en su último día, mire usted, lo consintió dos veces.

Esa es la historia. ¿Qué más? En el pueblo, Rodrigo había calentado los ánimos de la chusma; promovió un motín por no sé qué litigios de contrabando, y más de diez vecinos terminaron en el cementerio. Así consiguió, aun por breve tiempo, desviar la atención del drama del Hacendado. Luego los Gemelos se recluyeron en la hacienda del padre, y no dejaron que nadie mentase lo ocurrido. La leyenda les impuso otras muertes, dicen que por silenciar otras bocas. Los emisarios de La Habana, por su parte, se fueron por donde habían venido. Se echó tierra al asunto, pero sólo por un tiempo. Un día alguien decidió ventilar los hechos; hubo otros emisarios, que torpemente hicieron algunas excavaciones sucesivas, como si hubieran sido las ruinas de aquel ingenio el lecho de un río, camino a El Dorado. Para explicar la simetría de la historia, se inventó una lejana maldición de De Soto; usted y yo sabemos que todo es más simple, y probablemente lo sepan también los Gemelos: hay un orden que protegido protege y destruido destruye, y tanto son idénticos los hombres como idéntico su ejercicio.

Ya todo el mundo sabe que los dos hermanos son unos pobres locos; pero la gente aún les teme, y prefiere no encontrárselos. Yo a veces les compro caballos, pero me trato con sus capataces. Dicen que todavía Sebastián Porcallo visita las ruinas de piedra, que será por recordar, porque el olvido se tragó las tumbas».

Arena de Praga

Si no hubiera sido por una carta hubiera olvidado esta historia —bastante improbables, las dos, y aun más la carta, si cabe. Es muy difícil discernir por qué se recuerdan las cosas, quiero decir las que no son importantes ni repercuten en nada o en muy poco, ni traen cola y tienen —si tienen alguna— consecuencias del todo remotas. En cualquier caso, nunca pude responder a su autora pues ella viajaría —anunciado en la primera línea y en la última de la postdata, también en el cuerpo— en unos días y además sabría una vez pasado ese lapso de tiempo su dirección para mí perdida e inútil (la que todavía era) o remota del todo (la que sería y que no conocía ni ella misma, o no quiso dar). Su nombre también me pareció extraño pero luego lo he oído o leído varias veces, ocurre a menudo que se hace frecuente lo que hasta un día fue desconocido o insólito o lo menos irregular, el nombre era Beril —lo he visto con una pequeña variación, Beryl— y el apellido ilustre, Comenius —aunque tampoco tanto, hay un Comenius que firma reseñas sobre literatura de viajes en el Boletín de la Sociedad y que no tiene nada que ver, que yo sepa y por lo que pude indagar, con el Comenius famoso. Ella —Beril si es ese su nombre—, se sabría desde luego y de antemano ignota o inaccesible o casi de seguro inaccesible, y durante un tiempo aún esperé —no cabía más nada, esperar— que apareciera de nuevo (otra carta o una llamada, quién sabe, tendría mi número como cualquiera de los alumnos aquel verano de Praga). Después ya no —toda espera cesa, aun la más ardua– y hace unas semanas me he mudado y ya no lo espero en absoluto, o eso creo y hace suponer toda lógica. Todo esto quiere decir que en el momento de recibir la carta o más bien de leerla sospeché que el nombre no sería auténtico, y casi lo di por sentado, a lo mejor lo recuerdo por eso, por la sospecha, y además esa espera adicional o extra, un plus. No había asistido a mi curso, decía. El silencio imponía –o me impuso a mí, puedo ser obsesivo con los pequeños asuntos– una sobrememoria, retener la respuesta que me pedía y que podría a lo mejor ser un diálogo imprevisto –y como se ve, no lo quería imprevisto ni improvisado, natural sí pero no confuso, lo querría claro todo y ahora en cambio me disgrego y no cuento.

El curso había ido bien, como siempre –los cursos de verano van siempre así, no hay tiempo para el error ni para hacerlo patente, espero que los alumnos lo agradezcan y también yo lo hago– y como suele pasar alguien propuso una fiesta (creo que las organiza la Facultad, siempre es igual) y todo el mundo aceptó, hasta ahí todo es rutina, éxito compartido y monótono y despedida que siempre promete –la mayoría se queda algo más en Praga, una o dos o hasta tres semanas de más, es la regla; harán planes para esos días de holganza y pausa, es comprensible y a veces van bien, también yo los he hecho (no hay tiempo para errar o desperdiciar, y eso ayuda). Este año me quedaba, una quincena o menos –trece días sin contar el del vuelo, doce noches– pero la verdad no hice planes; tenía previsto de antes visitar a Jan y a su nueva mujer –eslovaca, filóloga, preciosa: Jan es entusiasta, ya es su tercer matrimonio–. Eso me llevaría ya una semana y cinco días son muy pocos, aun si no se desperdicia el tiempo y se va al grano, y no se yerra.

Así que fui a la fiesta, pero sin planes –creo que por quedar bien o por no resultar hosco, supuse que me esperaban o siempre eso te hacen creer los alumnos, se desviven en la atención y el cumplido, un encanto–. Este año la organizaba una tal Mina, italiana como es de prever, ella puso la casa –una casona en el barrio viejo de Praga, vivía allí– y la cortesía de anfitriona, aunque no sé si la Facultad habrá corrido con algo. Mina era la mayor del grupo o lo parecía, unos treinta o así –no soy bueno para calcular las edades ni para preguntarlas, mejor no saber–. Me había contado que trabajaba de relacionista pública en una editorial naturista, así que era de rigor imaginársela desnuda entre naturistas desnudos, viajaría mucho Mina (me figuro que vestida, en los aviones son rígidos). O a lo mejor los naturistas concertaban las ediciones (que no imagino de qué) trajeados a conveniencia, lo más probable, y Mina tendría que llevar una agenda y citas de trabajo, lo típico, todo de lo más normal. No sé. Viajaba pronto a los Estados Unidos, a cubrir un festival –*Burning Man Festival*, dijo, harían hogueras– pero sus dos semanas hasta el viaje eran rutina, vivía aquí. Beril, en su carta, la mencionaba como la «chica italiana naturista» (tres veces), o la «editora naturista» (una sola), en lo que resultaba una distorsión bastante obvia, pero no menos previsible. En la fiesta había muchos que no eran del curso –las parejas y los amigos, y las parejas de los amigos, siempre la cosa cunde; muchos serían de otros cursos, los había visto en la Facultad. Seguramente la corresponsal remota Beril estaría entre ellos, pero cómo precisar quien sería o quién habrá sido, si para mí ya no existe ahora, no hay modo.

Lo que sí está claro es que debió estar allí, apostaría por eso; aparte de las menciones a Mina –toda la carta una extensa mención– reservaba memoria para algún que otro incidente trivial (la chica rusa del tatuaje en la nuca, para ella «la del tatuaje» a secas, que se hirió la mano con una copa rota, nada grave; según ella, «la del tatuaje sabía quién era la chica italiana naturista, por eso la aprensión y por eso la mano crispada, susto como para quebrar una copa»). En general, ese y otros percances adquirirían en su carta un tono semejante de premonición y aviso, guárdate de lo que no sabes –pareciera decir–, de lo ignoto –como si se aludiera a sí misma, tiene gracia, más ignota ella misma que sus advertencias tan vagas. Debió estar entonces la propia Beril en la fiesta –improbable que hablase de oídas o de segunda mano, Beril una fuente directa–, y debió quedarse hasta tarde, porque aludía con algún rencor al poco caso que hice, ya *a los bailes* (su español era bueno pero la delataban minucias, como decir a los bailes como quien dijera a los postres), a cualquier otra que no fuese Mina –y es verdad, nunca bailo, pero Mina consiguió que lo hiciera, Mina y varias copas de más, no todo el mérito es suyo.

Demasiadas copas, es cierto: no siempre es así, en la Facultad son más comedidos o habrá algún conserje que llame al orden o cierre el edificio, y se muda la juerga –que para mí entonces termina– a otra parte, para concluir y llegar a su fin natural y a su aire –sin prisas–, pero por esta vez la casa de Mina no promovía mudanza y sí el chance de hacerlo a lo grande, los estudiantes son como niños a veces, querrían aprovechar y pasarse. No todos, Beril estaría allí de testigo o cubriendo las espaldas de algunos –por ejemplo, y siempre según ella, las mías–, y aprobando y censando y llevando la cuenta de los desmanes de los más atrevidos, supongo, o camuflada entre ellos. La chica del tatuaje en la nuca, por caso, olvidó su corte y la aprensión y su miedo –saber quién era Mina quiebra copas, la mano crispada que aprieta– para mostrarnos muy en soltura sus otros tatuajes, menos interesantes que la rosa náutica del cuello pero mejor ubicados, un pretexto exhibicionista a medida –los pechos, otro donde casi es pubis el vientre. Una muchacha inglesa –muy joven o sería muy aniñada, a estas edades quién sabe– nos mostró un pájaro indefinible –irreconocible para mí, pero a bombo y platillo anunció que era un dodo, suerte de pingüino de pico polícromo, un pingüino tucán– en su espalda, posado al omóplato (su chico abundó en detalles ornitológicos que, como hace al caso, olvidé enseguida o muy pronto).

Mina fue más avara con el suyo –también tenía uno, no un dodo extinto sino tatuaje–, porque me lo mostró sólo a mí. La tal Beril no daba noticia de nada de esto, así que fuimos discretos –si seguía allí por entonces, no creo, cuidándome las espaldas Beril como fue que escribió. De no ser por las copas de más no me hubiera atrevido, eso seguro, pues de discreto tenía poco –si así puede llamársele– el juego; Mina se sentó en un banqueta y me pidió que buscara con la vista en sus muslos –por sobre la liga, está aquí– su tatuaje minúsculo, yo debía adivinarlo y localizarlo al desgaire, tanto como al desgaire Mina de tanto en tanto cruzaba y descruzaba las piernas, para dejarme ver y no dejar en cambio atisbo a los otros, ni ver sus muslos –Por sobre la liga, está allí– ni a mí mirándola ni ella mostrándose, un juego complejo, creo, el primer juego.

Beril (pero ya no estaba, entiendo) hubiera subrayado la cosa como quien previene y avisa, el primer juego un juego oculto, oculta su risa y oculto porque no es transparente –la admonitoria Beril–, porque ya te hacía cómplice de secreto y cobijo de oscuridades, escamoteada la risa y el hecho; sus argumentos iban de ese tono en la carta, como con la mano que quiebra la copa, poco menos la que mece la cuna.

Esa noche de cualquier modo vi poco y vio nada mi corresponsal (que no lo menciona en su carta, no lo hubiera pasado por alto si hubiera sido testigo); lo vine a ver al completo –el tatuaje y a ella– al amanecer de ese día, y ya es seguro que no estaba la ignota Beril, se fueron a las seis los que quedaban –creo que en Praga ya es operativo el transporte a esa hora, antes no– pero me importó menos de qué se trataba el grabado que el resto, esto es, Mina desnuda sin naturistas desnudos, sólo para mí (pero suya) como en la noche el tatuaje y sus muslos, un cuerpo de un solo color y sin marcas de ropa, sin saltos su bronceado uniforme, sin pausa.

☙

Luego fuimos a casa de Jan, porque Mina se apuntó fácil, estaba libre hasta el festival americano –*Burning Man Festival*, algo me había contado, habría hogueras– y ocurrió donde Jan el percance aquel con su mujer eslovaca y encinta, pero ya esto queda fuera del alcance de Beril y su carta tan admonitoria, y no sería sino por la duda que luego tuve aprensiones –luego, cuando recibí aquella carta, antes no y ahora tampoco–, o más bien fue por aquel accidente que presté alguna atención a la carta y la tuve en la cabeza algún tiempo, hubiera pasado desapercibida si no, como otras que recibo y no atiendo, y que no existen más luego de abrir el sobre y tal vez responderlas, no siempre. El caso es que a veces se duda sin tino, imposible discernir el por qué, pero se duda siquiera sea por un segundo o dos o aun por más, una suerte –más bien, sí, creo que es eso– de perplejidad o turbación que por fortuna disipa el ritmo natural de las cosas, toda espera cesa. No fue sino por eso, es seguro, que asocié los desvaríos de mi bienhechora remota con Mina y todo aquello de la mujer de Jan, una desgracia –pero una desgracia casual, no tiene más patas el gato, qué otra cosa iba a ser.

Habíamos viajado en el descapotable de Mina –el volante a la derecha, un coche inglés. Según ella es lo mismo, pero Mina condujo todo el tiempo porque a mí no más de pensarlo ya se me hacía cuesta arriba, será que lo desconocido me desazona e inhibe, y lleva razón (lo había dicho ella), soy conservador cuando se trata de hábitos. Y no es poco, una buena paliza al timón, cinco horas, quizá menos para quien sepa la ruta o la hace a menudo –pero yo no entiendo bien los avisos en checo y además a medida que te alejas de Praga escasean, hubo que dar vuelta atrás y retomar rumbo y deliberar, los mapas no se me dan bien y me ofuscan. Las deliberaciones, en cambio –hacer algo, estar ocupado– son de agradecer después de una noche un poco difusa, y la anterior lo había sido, no apresurada pero sí difusa –a pesar de la vigilancia que no preví entonces, de mi valedora Beril imprevista–; cuántos encuentros no tienen más vida porque se agotan en su primera vez y luego ninguno sabe qué hacerse, y son pasado recién al otro día, uno cancela lo que se le hace incómodo, lo aleja y dispone tiempo por medio, se cuida. Almorzamos en una fonda después de un despiste y del retroceso consiguiente, y ya a esa hora todo estaba a salvo y sin contratiempos, como si hubiera estado previsto en mis planes –también yo los hago, no hay tiempo para desperdiciar ni para reparar en sorpresas, y hay que ver lo que ayuda: Mina no había vuelto a ser mi alumna de verano ni la editora naturista de la presentación de la víspera, nada se había desencajado o si se quiere al revés, no había vuelto, por suerte, a encajarse todo en lo previo. Yo tenía doce noches tan sólo y un día, es poco tiempo. El tatuaje de Mina, que vi por fin a la luz y en detalle, era un calderón, un motivo curioso –bueno, también el dodo de anoche lo era–, supuse que deformación profesional, *less is more*. Mina se alegró porque le dijera al motivo del suyo su nombre, *calderón*, ya nadie le dice –me dijo– calderón a los calderones y hay quien dice un *enter* (suena pésimo) o los que no marca de párrafo, es un signo extraño para quien lo mira por primera vez, una P invertida y algo abigarrada –dos líneas verticales en vez de una sola–, y es que antes de ser calderón el signo fue el error de una P, un tipo mal fundido por un molde mal hecho, alguien habría pasado por alto –tan sencillo el yerro– el espejito de rigor hasta hace muy poco. Pero para una editora tendría un valor añadido llamarlo por su nombre, qué sé yo, se alegró como una niña y aun abundó, no tendría a menudo con quien conversar de estas cosas. Los calderones –como casi todo en el gremio, me puso al día– los inventó Manuzio, o mejor dicho y en este caso lo menos no inventó nada, pura tacañería renacentista y no más, habría pagado lo suyo por esos tipos con la P deficiente –algo así motivó las cursivas, por caso, que son también de Manuzio, en su origen ahorraban espacio y abarataban por eso los libros, el papel era caro. No inventó nada Manuzio –insistió Mina–, sólo supo aprovechar y hacer rentable el error, y es bastante, por ahí anda el truco; a todo lo que sale mal se le puede dar vuelta.

El de Mina contrastaba con su bronceado que aún no me creo, las pocas líneas de un negro verdoso –los tatuajes siempre tiran a verde, no sé bien el porqué– se bastaban para colmar el muslo de eso que fuere, la belleza del signo en bruto y sin añadidos, sin saltos; no tenía ningún sabor especial ni tampoco textura, piel entre la piel nada más, *less is more*. Al sol la piel se irisa y luce siempre de lleno, no hay tentación de penumbras a no ser su repaso en el día de lo que haya sido la noche, y sólo el cuerpo y la piel –sobre todo la piel– llevan razón y tino y consuelo, y la marcha.

Hicimos dos o tres paradas, al margen de la calzada –sin cunetas, más un camino asfaltado que autopista cabal. En la última nos adelantó un carretón. El descapotable de Mina nos dejaba a la vista y –lo menos para mí– a riesgo de algún encuentro desagradable y fortuito, una mujer desnuda a pleno sol tienta. Los de la carreta pasaron cerca y despacio; eran un viejo –sin darme cuenta calculé al enemigo, supongo que un reflejo ancestral– y dos muchachos, uno de los dos me pareció retrasado o bobo –un cromosoma de más en el par veintiuno, genética monda–, y era justo éste el que más la miraba, fijo y con énfasis, sería absurdo responderle la mirada y desafiar con los ojos pero fue lo que hice. El otro, que miraba sólo de reojo, alternativamente a nosotros –a Mina– y al viejo, era el que conducía los caballos. El viejo sólo farfulló algo en checo que yo no entendí, creo que un saludo, pero luego y cuando ya se alejaban reprendió al tonto –no escuché e igual no hubiera entendido, pero sí alcancé a verlo golpear y amonestar, lo golpeó en la cabeza–. Mina no se movió ni intentó cubrirse, que era lo que yo hubiera esperado, sino que siguió desnuda y expuesta y tendida, y aun dijo adiós con la mano. Se alejaron despacio, el carretón bamboleándose como se bambolean siempre y el bobo que decía adiós respondiendo al saludo, movía con vehemencia la mano como lo hacen quienes quieren dar énfasis e insistir, y creen que los gestos ayudan. Ninguno –ni ella ni yo– dijo nada, pero me pareció notarle una sombra de enojo. Nos vestimos y condujo de prisa, en unos minutos había alcanzado ya la carreta y paró unos metros delante, hizo señas de nuevo. Yo me quedé en el coche, sería lo mejor. Mina bajó con el mapa en la mano y la vi indicarle algo al más viejo, hablaron luego y manoseaban el mapa, el retardado se acomodó mejor sobre el heno y la miraba fijo; miraba como yo, que aun a mi pesar vigilaba al grupo, ahora cuidando que no lo advirtiera Mina, algo así hizo el otro hace unos minutos tan sólo, cambiar la vista entre Mina y el viejo, y mirar sin ser visto. Tal vez haría anoche lo mismo la ignota Beril, sería para ella un reflejo ancestral como lo fue para mí cuidar y custodiar y estar al hilo, custodiar y atisbar y hacer notar mi presencia.

Ahora fui yo quien dijo adiós con la mano y seguimos, habría –dijo Mina– que regresar hasta un entronque que habíamos pasado de largo y ahí enrumbaríamos sin pérdida, dijo también que era un tonto –yo el tonto– porque ellos habían tenido más vergüenza o rubor que los nuestros, y yo acepté el regaño sin ripostar –para qué– y no dije nada, al rato estábamos en el entronque de marras y andaba bien todo, ya Mina sin disgustos ni reticencias y el percance olvidado, cuando hay poco tiempo se disculpa todo más fácil. Hasta el pueblo de Jan la carretera se estrechó y se redujo, y el último trecho era una película de asfalto sobre la tierra porosa que asoma y lo desplaza a veces, en verano —como entonces— aún con césped por tramos.

෴

La mujer de Jan y Jan mismo salieron a recibirnos al camino o allí donde el camino termina, no habíamos llegado y ya se los veía agitando los brazos —no pude evitar la imagen del retrasado y del viejo, uno asocia a veces sin querer ni pensar—, lucían extraños los dos y Jan sobre todo, quizá porque ahora estaba Mina conmigo y debí ver por mis ojos pero también por los suyos, los míos estaban acostumbrados a ver a Jan en congresos y reuniones académicas en las que salvo asistir no se hace más nada, para los de Mina sería, si acaso, un campesino bien relacionado o con amigos urbanos, no sé. Mina pasó el coche con cuidado a través de una cerca, lo condujo despacio hasta un terraplén sin plantar —alrededor había hortalizas, algo de remolacha y es posible que zanahoria y lechugas, no soy ducho en el tema. Cuando el coche se acercó y paramos me percaté (antes no, de lejos sólo una figura borrosa y de afectado saludo) que la mujer eslovaca y filóloga y de Jan —que ahora se había quedado algo atrás, Jan se adelantaba hacia el coche, ella no— llevaba vientre de embarazada, qué bien se lo calló, si el viejo Jan sería padre; casi me sacó del coche y me palmeó la espalda, a lo bestia, entendería que ser rudo se avenía con su imagen de ahora, tan lejana de congresos y poco académica (pero bueno, había quien bromeaba con aquello del tolstoiano Jan, ahora entiendo). La chica sería unos diez años menor, no soy bueno para calcular las edades pero pudiera haber sido mi alumna, calculé que si se había graduado hace poco andaría sobre los veinticinco o así, no menos pero más tampoco, seguro; además, llevaba trenzas y las trenzas aniñan algo el aspecto, me la imaginé por un segundo con calcetines a rayas. Jan la presentó y yo a Mina, y Eva –dijo también su apellido pero no lo recuerdo, un hermoso apellido eslovaco– nos saludó en un castellano impecable, en lo suyo era buena. Eva y Mina se las entendieron para quedarse atrás –creo que Mina preguntaba por el huerto, a fin de cuentas en su trabajo las hortalizas tendrían buena prensa– y Jan y yo entramos los bultos, unos pocos porque el resto lo había dejado en Praga en consigna, lo más pesado eran libros para la biblioteca de Jan y supongo que también de Eva ahora; aunque sea natural es curioso, los matrimonios alimentan las bibliotecas y los divorcios las merman, *habent sua fata libelli*.

Jan y Mina creo que no congeniaron; Beril, mi suspicaz valedora, habría insistido o lo hubiera tomado por involuntario aliado –Ves, lo ves, él tampoco traga, cualquiera se da cuenta, los que te quieren te previenen y cuidan–. Pero entonces Beril no estaba allí ni yo había recibido su carta, de seguirle la rima estaría en un limbo desprotegido y a la merced de quien sabrá qué (puedo imaginarlo: Beril habría dicho ¿Lo ves?, ya estás en sus garras, ya está hecho). El caso es que de primera vista no congeniaron y ya después no hubo tiempo; Jan me preguntó en cuanto pudo algo así como De dónde te sacaste a la chica y yo respondí cualquier cosa, pude haber ripostado con la edad de su Eva encinta y filóloga y que podría ser su hija –o casi–, pero no quise herirlo, eso no. Hablamos de libros y sobre todo de los suyos que no conseguía publicar –una gramática castellana y varias traducciones al español de Comenius, Jan insistía en traducir al revés de cualquiera, de su lengua nativa a la otra en cierta forma impostada y segunda. Me callé que Mina fuese editora, no creo que ayudara –mi amigo desbarraba de los editores, en su caso quizá con razón pero igual no habría simpatía para alguien del gremio, y no dije nada.

No estaban tan aislados, según Jan; lo habían decidido a raíz del embarazo de Eva, retirarse al campo y cultivar su propio huerto, la vida en Praga aportaba bien poco –o eso dijo, Eva ni asentía ni discrepaba, la paciente Eva– y además podría dedicarse a su obra, la ciudad distrae, y siempre quedaban el email e internet –Eva acotó con razón que también entretienen–, un pretexto bueno como otro cualquiera para que Jan me llevase ufano al estudio y mostrase su juguete recién adquirido, un ordenador de los transparentes de ahora, ya los Macintosh no son lo que eran, o será que envejezco. O quizá el pretexto lo fue para que Jan me contase –Eva y Mina en la sala– lo feliz que era con Eva y el hijo por venir y con su vida en presente (las hortalizas frescas, supuse), pero que sabía bien –así dijo, Sé bien– que no llegaría a ser ya la persona que quiso, juega malas pasadas el tiempo que se merma y agota, ya sólo me resta robarle unos años triviales –el tolstoiano Jan–, y disponerlos como si de un plus se tratara, ahora sé bien que no queda otra cosa, eso dijo. No sé qué esperaba, pero igual traté de animarlo sin mucho interés, y repliqué cualquier cosa, creo.

Cuando regresamos al salón me pareció (o fue luego quizá, cuando lo recordé a la vista de la carta improbable y remota, y ya tuve dudas) que Mina y Eva se tenían dicho lo suyo o dispuesto algo entre ellas, las dos reticentes y hoscas como si se tratase de una protesta velada contra Jan y contra mí, ocurre a veces, los amigos de uno que incomodan o predisponen al otro. Sobre todo la chica de Jan, se mesaba la punta de las trenzas y cambiaba (o no sé, quizá lo imaginara, a veces se duda sin tino y sin discernir el por qué) miradas rápidas con Mina, una mirada entendida o acaso fuera afirmativa –como quien dice Sí, desde luego, en efecto, y concede o aprueba–. O puede ser que no haya habido nada de eso, a fin de cuentas cómo saber o qué de la mirada de Eva, cada cual tiene sus gestos que no ponderamos bien hasta que no se hacen costumbre, quizá la chica siempre mirara como quien busca apoyo y justicia, y espera que juzguen bien su diligencia y criterio y los hace por eso patentes. Si dudé por un segundo –y sería luego, no creo que entonces lo hiciera– fue por la carta, y en cualquier caso habrá habido más de estupor que de duda, hubiera respondido con gusto a mi interlocutora Beril tan remota y zanjado el asunto, pero entonces en casa de Jan todavía el asunto no era, y no había ni la carta ni tampoco aprensión.

El asunto lo fue o vino a serlo más tarde, la misma noche si en esto tienen alguna relevancia los hechos o mucho después si lo que cuenta es la incertidumbre y su niebla, cuando recibí aquella carta y dudé y completé aquella noche con la reticencia y la sospecha, todo se puede armar y desarmar como un rompecabezas si de sospechas se trata y Beril lo sabría, también se le puede dar vuelta a lo que es natural y corriente y sucede sin causa, algo así como el truco del viejo Manuzio al revés pero aun más rentable, pues el miedo al error cunde más que el provecho del yerro.

Mina y yo nos escabullimos creo que rápido de la velada y del vodka, me pareció que Jan hubiera querido proseguir la charla o por lo menos demorarla —me recordó a esos estudiantes que tratan en las fiestas de la Facultad de dilatar la juerga aunque ya no dé más–, porque repitió par de veces que era temprano y nosotros que el viaje por carretera agota –y lo consiguió en parte, hubo una hora o quizá más que fue ya de extra, la conversación mermada y todo el tiempo a la espera de un fin espontáneo. No lo tuvo, Mina se levantó y declaró que nos íbamos a la cama («ya decide por ti, ella decide», habría dicho Beril, «manda y arrastra y decide», pero nadie lo dijo), y Eva nos acompañó mientras Jan se llenaba otro vaso, y nos mostró con su español tan correcto la habitación ya dispuesta y contigua a la suya, me pregunté si las paredes de madera dejarían escuchar o no los ruidos de una a la otra, y descubrirían ellos dos acaso que no había fatiga ni sueño. Se despidió de un modo extraño, Eva, la despedida no tanto de mí como de Mina, hubiera bastado decir buenas noches pero el castellano no era su lengua, a fin de cuentas todo es imputable a eso cuando se trata de gestos y frases. Lo que temía fue tal como lo presagiaban las tablas machihembradas y endebles, al rato los escuché hablar o discutir —pero en checo, no precisé las palabras ni lo que ellas dijeran, para mí ruido solo—, y le tapé la boca a Mina para seguir en lo nuestro.

～

Luego recuerdo —pero lo recuerdo entre sueños, o lo recordé al otro día ya nefasto y todo distinto y ya grave— que Mina salió de la habitación porque no tenía sueño (yo sí, cabeceaba y acertaba a responderle entre nieblas), y recordé también haber oído la voz de Eva diciendo en checo cosas que para mí no habrán sido nada más que ruido o susurro indistinto, pero de esto último no preciso ahora —entonces tampoco— si lo soñé por mi cuita de las paredes endebles y a través de las que habrán escuchado seguro que ni Mina ni yo tuvimos sueño hasta tarde, o si lo escuché realmente y de veras, una voz que no decía nada pero que se lo diría supongo que a alguien —la gente no habla sola de noche o no es lo habitual, más cuando salvo para mí a los otros bajo el mismo techo esas palabras les dirían algo y significarían y podrían contestarse, pero ni Jan ni Mina (o eso dijeron luego, lo menos) habían conversado con ella ya en la madrugada ni la habían atendido ni visto ni tampoco oído, afantasmada Eva antes de serlo, un fantasma.

Pero no todavía fantasma y espectro del todo (que reprende y amonesta, «ya estás en sus garras, ya está hecho') hasta la mañana siguiente, en que sí la vimos los tres —desnuda y muerta y con detenimiento matutino— en el baño, la bañera mediada y como una burla su cuerpo —mucho menos infantil sin la ropa, será que la muerte o la desnudez envejecen de golpe— dispuesto el cuerpo en una postura para nosotros extraña supongo que porque los muertos se ven siempre y parcialmente —sólo el rostro— en un ataúd, y no en otras circunstancias salvo aquellos cuyo trabajo los obligue o consista en esto mismo, en verlos o en recogerlos o disponer el ataúd visible a todos o en investigar la muerte del prójimo, o en evitarla si pueden. También el niño –el viejo Jan que ya no iba a ser padre–, en el cuerpo de golpe maduro y de Eva que sería su tumba y su origen, no habría postura para él ni hubo tiempo, si acaso el prestado de la madre ahora muerta y ya fantasma. Hubo trámites luego –pero que no demoraron el festival americano de Mina, ni mi partida prevista–, y hubo la pesquisa previsible que hay siempre si algo ocurre sin causa, grave cuando es una muerte, y para mí no hubo dudas –salvo las del caso, quiero decir, qué hubiera pasado, un resbalón y un golpe o un paro, el cuerpo traiciona, o quizá suicidio (el alma también)–, pero no las hubo de Mina hasta la carta remota e improbable y admonitoria que llegó muy luego cuando ya no estaba yo en Praga (ni ella), y que me quitó el sueño quién sabe por qué –a veces se duda sin tino, la duda ella sola se vale– y que zanjó mi mudanza de casa y de barrio y país y teléfono (podría tenerlo Beril como cualquiera de los alumnos de aquel verano de Praga, por un tiempo esperé su llamada que no tuvo nunca lugar), para serle tan ignoto yo a ella como a mí aun su nombre. Y después pasó tiempo, que es lo que siempre y sin remedio ocurre, hace ya un año o casi de todo (ya es indistinto, la fiesta y el viaje y la muerte de Eva y del niño que no llegó a serlo, nonato creo que se dice, y luego la duda ulterior y tardía) y no apareció Beril ni pude contestar lo que pensé sostener y decirle, ni tampoco supe más sobre Jan porque también para él me hice remoto y porque imagino que no querrá saber de nosotros nada.

Mina viene a La Habana la semana próxima (este año para mí no hay curso, hay vacaciones por fin) e imagino su cuerpo de un solo color y sin saltos ni pausa y lo añoro, a veces es mejor no saber ni hacer planes, si hay poco tiempo.

GESTOS

A veces queremos preguntar Qué pasó y de hecho se hace muy a menudo, la pregunta que casi siempre cae tarde –aun si es Qué pasa, o más todavía si están el verbo y la pregunta en presente–, cae tarde y como algo que cae –no que llega ni que irrumpe ni ocurre: que cae– y que se pierde, una cosa menuda que cae en la calle y ya desde el momento mismo de su caída es irrecuperable, o algo –como un cuerpo– que después de caído ya no se levanta de nuevo, ni más, y mancha poco a poco su sitio con sangre o de sombra.

Ya no la veré a ella de nuevo o no la veré más, que no es lo mismo aunque lo parezca –de nuevo quién sabe, después de todo las ciudades que vivimos son ciudades pequeñas, pero creo que salvo un milagro seguramente no más, verla más supone una cantidad o intensidad (a fin de cuentas permanencia) que no podrán salvar ni el encuentro casual ni la llamada que no me atrevo a hacer o no quiero, porque no va a resultar, lo sé bien, sería como toparse en la calle pero ni siquiera con la casualidad que siempre algo disculpa (nadie se siente responsable de lo que ha sido imprevisto, y así aun se dice, Lo siento, fue un imprevisto, u Ocurrió todo de pronto), y si la llamo no habrá atención, ni tampoco casualidad que justifique su falta siquiera.

No; pero de todas formas cuánto tira la pregunta –tira como algo que pesa y está pronto a caer, Qué pasó–, tira aunque ninguno quiera que caiga, bien es verdad que por razones distintas.

O bien visto, no lo sé. Bien pensado, ahora que repaso lo escrito (porque lo escrito sí puede corregirse y modificarse e interrogarse a sí mismo, no como el resto), no son entre sí tan ajenas estas razones o sólo muy poco, a ella le incomodaría la pregunta y no sabría ni quiere contestarla, creo yo, y temo hacerla porque la sé sin respuesta e inoportuna, y no querría incomodarla por algo que sabemos de sobra los dos que no hace, o que da ya lo mismo porque el más no le cabe.

El más −ese Más tan distinto al De nuevo− sólo puede pensarse hacia atrás, en pasado; mientras las cosas pasan en efecto o tienen lugar no vale el Más ni puede pensarse siquiera como deseo o continuidad deseada, porque entonces sólo hay lo que pasa y no su término, no hay nada que añadir a lo que no ha terminado y está sólo pasando, nada falta ni sobra en lo que no tiene una medida ni es mensurable −no por desmedido o inmenso sino por ser sólo continuo, sin cortes ni marcas ni jalón que permita nombrarlo de otra manera, ninguna salvo Lo que está pasando, sea lo que sea o lo que vaya después a ser, porque entonces no es todavía, pasa pero no es ni está y no se pierde ni tiene ni se vislumbra su fin.

Es curioso lo que ocurre con la pregunta o más bien con su verbo, pasar, que es el único que ninguna respuesta repite como si la lengua supiera de antemano cuán de cabeza nos trae, uno pregunta Qué pasó y caben como respuesta Ocurrió un accidente o Vino ella o No vino, nunca Pasó un accidente ni Pasó ella ni No pasó, ni siquiera en las clases de idiomas, donde siempre se nos pide que repitamos en la respuesta el verbo que nos interpela y pregunta y se aprende una lengua que no existe en verdad (sólo allí), pero que ni su más vehemente defensor puede adaptar a no ser en el circunloquio algo afectado de Pasó que estábamos en el campo y cayó un aerolito, por ejemplo, pero eso no lo dice nadie, me parece, o sólo lo diría una señora estirando el meñique afectado, y remacharía a renglón seguido con Qué impresión tan aparente, ¿verdad?, o alguna otra cosa del mismo corte y traza, patético.

No, no y a lo que iba: el verbo pasar no se repite en ninguna respuesta y no alcanzo tampoco a ver qué signifique en la pregunta misma, a no ser una especie de marca doble; como decir Es una pregunta esto que hago, y atañe al pasado.

Pero no más, o muy poco, si acaso habrá que añadir que queda claro que a algo que tuvo lugar en el pasado (y no al pasado sin más), aunque lo de tener lugar mejor ni removerlo y dejarlo quieto, se nos quedaría si se hurgara lo bastante en un mero gesto deíctico, un sitio y un tiempo y un gesto, Allí entonces qué, o algo así.

Aquí ahora qué, así sería si la pregunta fuera Qué pasa, y cómo antes no lo advertí –en el aquí y ahora de entonces–. Si lo hubiera advertido entonces no hubiéramos jugado en vano a mentir ella y yo que teníamos tiempo (cuando es cierto que nunca se lo tiene ni lo hay de sobra), y quizá (quizá, no es seguro) no estaría escribiendo ahora en presente esta página ni pensando en llamarla o no hacerlo, y hubiera sido todo distinto y habría más –más de ese Más– sin que cupiera figurárselo (no cabrían ni el más ni el menos), porque nada hubiera acabado ni dejado de ser lo que era.

O no sé, y ya de esto último cómo saber, o saber qué: quizá lea esto ella (porque lo que está escrito y se lee sí puede corregirse y modificarse e interrogar, no como el resto, una llamada sin disculpa e incómoda, o lo que pasó y no tiene ya vuelta), y corrija acaso las palabras y lo que dicen como yo mismo que alguna he tachado y otras en cambio las he vuelto a escribir, y Aquí ahora qué signifique algo o tenga sentido o merezca atención, si es que se trata en todas estas palabras escritas no ya de la pregunta Qué pasó, que dijimos imposible y sin tino, sino de su gesto o su fórmula –qué, aquí, ahora–.

Parecen más eficaces o ligeros los gestos (si lo fueran estas palabras escritas, tampoco sé si lo sean), pues no caen a plomo ni los llama la tierra —los gestos, de las palabras de uno es difícil saber— sino que más bien se levantan y flotan, como un papel que vuela en el aire o un cuerpo de mujer que se incorpora desnudo en la cama. Lo dudo (y cómo no dudarlo), pero quizá leer las palabras y cambiarlas de sitio y lugar podrá recomponer lo que fue, y haya la magia otra vez (siempre se quiere que lo que fue sea de nuevo), quiero decir De nuevo pero sobre todo Más, y al final lo que haya pasado sea sólo esta letra pequeña, que leo y releo porque aquí sí se puede, haber más, y la sigo mirando por eso.

La dilación

Buenos y vueltos, que de allá se andaban, de allá se venían: ¿creerá usted que llevaban más de seis horas andadas con ese sol?

–Tronco de insolación, lo menos, padecerían.

Que usted lo dijo, no yo. Y creo que más hubieran andado, si no se ligan un bar, que al fin, por mitigar la sed, suspendieron la angustia de encontrar a Fiorella. Por más, casi era noche.

–¿Qué bar, el bar del griego?

El mismo ¿cómo lo supo? Igual, qué más da; supongo que lo tendría oído de antes. Pues sí, en ese, como le digo o me dice usted: ahí pararon. Pero fue un alto en el camino y no un arribo. Ítaca, se llama; tiene una decoración muy pulcra y muy fina, que no parece de esta época.

–No lo diga, Gaspar, que nos volatizamos…

Pues, ¿qué va a hacérsele? Tampoco nosotros somos de esta época.

❦

Los mesones del Ítaca son anchos y de tablón de roble; como todos odiamos esas mesitas plásticas de Varadero, con sombrillitas haciendo avío, allá nos íbamos. Pero resulta que ese día regresábamos a La Habana y Fiorella no aparecía. Marco, el cantinero, tampoco la había visto. Daniel le pidió el teléfono para llamar a Cárdenas, a casa de una tía suya –de Fiorella– pero nada: nada por aquí ni por allá. Marco les trajo la cerveza y ahí se quedaron, como es de rigor que se diga, sumidos en sus pensamientos.

Alina fue la primera en hablar:

—Sin Fiorella no hay obra, ¿ahora cómo hacemos? El teatro nos lo dan este fin de semana y ya, se acabó, no hay arreglo que valga luego; con lo que del grupo dijo el Periódico el otro día, si no hay función ahora, no creo que haya más.

La playa se veía, desde el Ítaca, una tentación —medio que metía baza, por venir a cuento, aquello de que no hay obra, no importa, y qué.

La cerveza va terminando esa faena:

—¿Y si la hacemos sin Fiorella?

Montar la obra llevó meses —cuatro y medio, en plan de exactitudes— y, razona Marina, bastante que nos hemos dado a tomarnos libertades: ¿cómo repartirnos ahora los personajes de Fiorella? Y el resto del grupo no está aquí, ni siquiera... Ese azar tan conspicuo (Fiorella perdida) es un exabrupto, una desviación en el curso de cuatro meses de ensayo y por tanto ¿vamos a destruir el orden de la obra por una casualidad, dejar que en imprevisto y corre corre se deshaga lo que estaba fijado a pie juntillas? Eso es tremenda locura.

No, Marina, no: la consagración, más que nada, del grupo, era lo que reclamaba tanto ensayo, no la fijación del texto. ¿Se pierde Fiorella y concluso, no hay obra y ya y todos tan campantes, y luego probablemente no haya otra, y luego no seremos lo que habíamos ensayado ser, y luego y luego etcétera (porque la concatenación de las causas es infinita), y así no más, qué tal cosa?

No hay nada que hacer, si así está escrito —dijo Daniel—. Y más cerveza, Marco, venga, más cerveza.

Una tentación que es la playa: el sol se pierde en el horizonte, en ocaso de buena ley, y el blanco de la arena, con la luz de la hora, amerita caricias de la vista —la luz lo va perdiendo todo como en grano de sepia que, con la noche haciéndose, se vira al azul—.

Jacques —o Santiago el fatalista, insiste Daniel— dilata en mil digresiones el cuento de sus amores, y Diderot, para no quedarse cortito, el cuento de ese cuento en otros cuentos. Así que a ver, ¿por qué no? Así tal vez estaba escrito, nuestro ensayo de los 130 días era el ensayo de lo que íbamos a, no hacer, sino ser: los que demoran la representación de la obra.

—Pero ¿y qué habrá sido, digo, de Fiorella?

Mejor, Marina pudiera contarnos (¿verdad, rubia?) la historia de sus amores.

—Si es que así está escrito allá arriba…

Que cuente qué percance, si lo imagina, ha tenido Fiorella. Que ¿acaso contó así, de primera y pata, Santiago la historia de sus amores? No me lo creo.

Marina protesta: ¿no pueden ir a joder a otro? Y la playa; la playa sigue siendo una tentación. Cuatro muchachas —francesas, parece— juegan volley frente a la terraza del Ítaca; los pechos les saltan en los vaivenes de saques y recibos, y como Alina reclama que ella también tiene un par, silabea, deletrea casi, de estupléndidas tetas ricas, Daniel se justifica:

—Somos afortunados: el caballo de Jacques lo llevaba siempre ante un patíbulo, para desespero del amo (que quería escuchar su cuento) y del jinete —¿presagio de la escritura de allá arriba?—. Siempre algo nos disgrega y nos aleja de la historia que queremos oír; lo que es mejor que un patíbulo, están las muchachas estas, ¿o no? Y quién sabe —acota todavía—: porque el caballo de Jacques había sido el caballo del verdugo, que está todo con todo trabado en este mundo.

❧

Si le digo que en el bar del griego, entonces, nadie se disgregaba… ¿usted no conoció a Kitty Rose?

—De oídas.

Pues sí que valía una misa, la Kitty, y ella lo sabía: salía a escena cuando la velada iba a término ¿quién no estaba esperándola? Si hasta tenía ya, cuando el accidente, sus habitués, mire qué cosa. Y solía hacer dos números, nunca más; algo español, casi siempre, y unos que les decían sones lidios, que le enseñó el griego. Bailaba como nadie, la Kitty, moviéndose toda con una gracia que no la hay, sobre todo haciendo lo del griego, con ajorcas de plata en los tobillos… si la viera.

—Y perdone, Gaspar ¿a qué viene Kitty Rose?

Pues que todo está en todo ¿qué sabe usted, dígame, si no está escrito allá arriba?

—Bueno, pues entiendo.

Después que salía Kitty se quedaba la victrola, monedas van y monedas vienen, cambiando discos que sólo quieren traerla de vuelta —si fuera posible— sobre aquel proscenio. Claro que ya no hay victrola en el Ítaca, pero le queda el ambiente.

El sueño de Kitty Rose, dicen los que la conocieron, había sido el teatro —hay quien oyó que después de una mala temporada se puso en lo de bailar, hasta que llegó al Roof Garden del Sevilla y de ahí, catapultada por la fama (tal como proclaman las lenguas de sus hagiógrafos), al Two Roses, al que los más le decían el bar del griego, y del que era única flor.

—Se entusiasma usted, Gaspar.

Ya lo creo. ¿Ve usted esa mesa? Ahí nos sentábamos a verla, tres o cuatro amigos con sus mujeres. Y créame, que nunca promovió ni un sí ni un no Kitty Rose: ni celos de las chicas, ni pendencia de galanes. Tenía ángel. Y mire: los tres jóvenes que están en la mesa, llevan horas buscando a la tal Fiorella.

—¿Nos ven?

Claro que nos ven, pero nadie nos nota. Si se fija, parece que ya se les va olvidando: ¡qué falta de compostura! Aunque tienen disculpa, porque siempre hay algo que disgrega los cuentos y los recuerdos. También que siempre se cuenta o se recuerda otra cosa, tal así como si se sustituyera... Usted y yo, a ciencia cierta ¿de qué cosa estamos hablando?

–Creo que empezamos por la muchacha ahogada, Gaspar; ahí fue cuando me quiso mostrar no sé qué más sobre el caso, me dijo.

Habráse visto certidumbre... ¿Cuál ahogada? Kitty Rose, a traer ejemplo, también se ahogó, ¿y cuántas más no se habrán ahogado en Varadero?

–Pero se habla de algo, Gaspar.

No, mi amigo, no confunda: se habla. Sólo se habla, se demora una charla o un cuento, se disgrega o se pierde o se dilata en eso, hablar. Se habla o se divaga, que es lo mismo. El único tema es la enunciación de la palabra, que usted y yo, o alguien, hable. Eso cuenta, creo, y lo demás es dislate.

–Si se pone usted filosófico...

Bueno, bueno. ¿Ve a los chicos? Le apuesto que la del lunar en la mejilla, sí, esa, la pelirroja, se desvive por Daniel, que, no hay más que ver, sólo tiene ojos para las tetas, disculpe, de las volleybolistas.

–Alina, se llama.

Sí.

–¿Y la del tatuaje en la nalga?

Detallista me ha salido usted... Marina, y si el cuento no se disgrega, acaso escuchemos el relato de sus amores, aunque esa, en verdad, venga a ser otra historia.

–Ahí lo tiene: si no hablamos de eso, es porque hablamos de otra cosa, ergo, de algo hablamos, Gaspar.

¿Ah, sí? No me diga: ¿Dios es todo aquello que no es? Definición negativa no cuenta ni hace cuento, eso está dicho. Marina, bueno ¿la ve?, creo que quiere dejarse llevar por Daniel, que está en plan de no os preocupéis, niñas, y más cerveza. En tiempos de Kitty Rose, le apunto, aquí sólo se servía Jack Daniels y Ballantines.

–No hable de tiempos, Gaspar. ¿Quiere que nos volaticemos de nuevo?

ↂ

¿Estará acaso escrito que nade con esa muchacha de pezones de rosa?, se pregunta Daniel y se responde a sí mismo –porque el cielo rompe en aguacero– que estaba en la escritura del Gran Rollo previsto que lloviese. Como Daniel, finalmente, se va con las volleybolistas, sus dos amigas cotillean a gusto, y Marco, el cantinero –que conoce a Marina de Cárdenas– protesta que los dos señores de enfrente

–Se esfumaron, así de pronto, sin pagar la cuenta... cómo anda el mundo, revuelto.

Y además lloviendo. De las muchachas del volley, tres se van y una se queda –ya es sólo la que conversa con Daniel, aunque conserve la pelota–. Y para mejor conversar, parece, se acomoda el sostén –a ver si habla, Daniel, en vez de mirarla, embobado–. Y Alina, por supuesto, ni mirarla quiere, ni verla. A todas estas ¿qué hacemos con la obra?

–Pues que no está toda la compañía...

–¿Ponerla sin Fiorella?

Daniel presenta a su amiga: vean qué cosa estaba escrito allá arriba. Kitty, así se llama, hizo un curso de teatro en Toronto y quiere ayudarnos, conoce *Midsummer night's dream* (de cuando estaba en el Liceo) y hasta recuerda uno que otro bocadillo... caída del cielo ¿no?

ALINA: –Claro, claro, caída.

DANIEL: —Lee qué estaba arreglado, Marina, y de ahí salimos.

(Kitty quiere caer bien y se esfuerza, con la pelota en la mano; sonríe antes de hablar y luego, durante):

KITTY: —Yo podría ser Helena o Hermia, y actor de la compañía, y como actor, algo en las bodas de Píramo y Tisbe.

DANIEL: —De hecho.

MARINA: —Lo acordado: Fiorella hacía Helena y también Polilla, del cortejo de Titania, y Colás Lanzadera, que viene a resultar Píramo…

ALINA: —Así estaba aquí abajo escrito, Daniel, pero ¿podemos hablar aparte?

La lluvia, afuera, va ya por aguacero; Alina lleva a Daniel hasta la barra, y desde la mesa Marina le hace un gesto de se te va la mano, mi amigo, y Kitty —en la mesa— pide más cerveza, y hace por bromear con Marina. Acaba de empezar (lo tronitrona la música en el audio) el show del Ítaca: siete muchachas bailan, contoneándose por la pasarela, aires griegos, con ánforas de algo que parece yeso y peplos de tules. Dada la bulla, aquellos dos en la barra —advierte Marina— gesticulan más de lo debido, así que medio que se apena con Kitty y le ríe par de chistes, le conversa y le perdona su español —va y ya que estamos, quizá hasta cuente la historia de sus amores—.

☙

¿Qué es lo que sustenta el espectáculo? Es de notar que las muchachas sonríen: mueven las cabezas y enseñan los dientes, alguna que otra vez se pasan la lengua por los labios. Se relamen. La presentación es torpe, pero nos parece —mirad bien— que hay placer en los actores; la sonrisa que nos repiten disculpa, de cierta manera al menos, su torpeza, y reclama una extraña benevolencia con el espectáculo que es también una paradoja: sed generosos con nuestra puesta en escena por eso, o sea, porque es una representación, lo cual viene a resultar: sed generosos con la puesta en escena que es sólo una puesta en escena que es sólo (fijaos, atención) una puesta en escena. Nuestra benevolencia se cuela entre los intersticios de ese juego tautológico; no pertenece a él; le es ajeno y por eso mismo es posible su presencia, ilocalizable y aquiescente.

Extraña cosa: Kitty Rose baila en la gloria (hay quien dijo, incluso, que le compraba opio a los chinos de la tenería) para que su show fuera más show, doblemente show, el show del show; las muchachitas del Ítaca, ahora (más que lejos de Kitty, no hay que decir), ejecutan sus contoneos desmañadamente proclives al ridículo, pero las salva la misma cosa: un espectáculo –sean buenos, sean condescendientes, señores y señoras, sean cómplices, colaboren con el artista cubano– es un espectáculo.

ଏ୬

DANIEL: –Nadie va a notar, Alina, la improvisación: Shakespeare sabía que toda representación involucra una disculpa y por eso la piden Pedro Cartabón y compañía, por eso la quiere Puck: si nos concedéis vuestro perdón, nos enmendaremos. Por eso mismo –escúchame– Fiorella perdida resultará un personaje ausente, y esta muchacha, Kitty, otra simulación del perdón.

ALINA: –(lo toma de las manos) Mírame. ¿Tú no te das cuenta por qué te lo pido? ¿Qué tengo que hacer, hacerte una adivinanza, meterme en tu cama, meterte, al próximo ensayo, la lengua en la boca?

DANIEL: –Chiquita...

ALINA: –(llorando) Yo... tenía que haber desaparecido yo, no Fiorella... no, si lo sabía, que el que se acuesta con niños...

DANIEL: —Jamás su tronco endereza. Oye (le toma la cara con las manos), un trato: somos amigos. Somos los mejores amigos del mundo. Pero no fuerces las cosas, no sé: enamórame, sedúceme, conquístame. Pero no me manejes con culpas ni con (le sonríe) llantenes. Ahora ¿de dónde me saco un pañuelo?

ALINA: —Gracias por no decirme que así estaba escrito allá arriba. En serio, gracias (se aleja hacia la mesa). Serio, de verdad.

☙

A Marina ¿quién no le celebró el bronceado? Cuando llegaron de Varadero pasó primero por casa de la madre —ritual de buena suerte en vísperas de estreno—; la vecina le dijo que la madre había salido temprano, así que decidió (le molestaba la piel quemada y la arena en el cuerpo) darse un baño, y regresar más tarde. En la escalera la piropeó otro vecino. Marina, extrañamente, sintió —¿por qué?— un poco de temor, o de culpa, y siguió bajando (no hay casi luz en la escalera y los pasillos) atenta a no tropezarse; en la calle, subió hasta el parque de la Iglesia del Cristo —podía, desde el banco, ver la entrada del edificio y la fachada de la iglesia— y compró flores.

Esa visión doble —la fachada de piedra y el edificio de la madre— la desasosegaba: no sabía cómo estar cómoda y cambió par de veces de banco. Le molestaba, pensó, lo que había hecho Daniel; Alina es su amiga y la torpeza de él, ni que decirlo, había sobrepasado medida. Se había pasado tres pueblos. Ni Alina se merecía eso ni ella, menos, el que la dejara a reírle las gracias a Kitty y dale, luego, a consolar a Alina —ni ese invento orate, tampoco, de estrenar hoy con la otra, casi que a tontas y locas.

A las once, la madre de Marina dobló en la esquina de Teniente Rey, y la saludó con embarazo. Ya sabía —le dijo— lo de su amiga

Fiorella, habían llamado temprano para avisar: ¿cómo fue así que la perdieron de vista?

Fiorella se había ahogado en la playa, ¿Ni siquiera lo sabían ustedes? Su madre no sabía más; Marina lloró y preguntó cien veces qué había pasado, tomó una pastilla y durmió hasta alrededor de las tres, que la despertó el teléfono. Era Daniel, que no estaba enterado –preguntaba si habían sabido algo de Fiorella–. No le dijo nada, porque ¿no era mejor así? Ah, por supuesto: no pudo justificarse a sí misma qué la llevó, silencio de la loba, a callarse la noticia. Se despidió de la madre y fue a su casa.

Los otros fueron a buscarla sobre las siete, que hay que irse al teatro (Marina solía llegar rayando a las funciones, y como lo sabían lo evitaban, o la cuidaban). Si salir a escena es siempre como un sueño, esta vez lo fue más: Kitty repetía mal los parlamentos de Fiorella, Marina sentía su fantasma –que de algún modo ella, con su silencio, amordaza– sobrevolando la escena, y sentía ahí al público (no como otras veces que se pierde casi en humo) a todo tiempo, e intimidado de silencios, habría que decir. Al público mirándola a ella, mil ojos encima. Después de los aplausos, que fueron muchos, a la media luz de función acabada de los camerinos, Marina comenzó a hablar. Lo dijo todo de golpe y lloró luego mucho rato, ahora sí bajo la neblina de quien está ante un auditorio.

᠃

¿Lo ve? Siempre todo se pospone, y luego no es ya tiempo. Piénselo: es siempre la misma historia.

–No se ponga usted pesimista, Gaspar.

Lejos de eso, mi amigo: si han conseguido poner la obra, y hasta con aplauso, quién lo iba a decir. En aquella luneta, sí, ese mismo de ahí, es Don Alfredo; iba siempre conmigo a ver a Kitty

Rose, y la que lo acompaña (si no me falla la vista) es su señora, una camagüeyana que siempre apostaba a los caballos.

–Hola, Gaspar ¿cómo anda usted?

De maravillas, Don Alfredo: mire, un amigo.

–Un gusto.

Tan hermosa como siempre, su mujer. ¿Qué tal encontró a la Kitty? Hay que decir que le cuadran sus papeles, pero quería verla bailar. Voy a saludar a los otros; un placer verlo.

–Encantado, Don Alfredo... Ahora, diga, dígame, Gaspar: esa muchacha, la volleybolista ¿es la misma Kitty Rose?

Ah, ¿y ahora yo qué le digo? Lo que se sabe no se pregunta, mi amigo. O como decían entonces, verde con pinchos, guanábana. Aquí entre nosotros, le sienta mejor el baile.

–Pero es imposible, Gaspar.

Si usted lo dice, será.

☙

Ni Daniel ni Alina conocen a la familia de Fiorella –sólo a la tía de Cárdenas, que no está en el velorio–. Se apuran en llegar, porque no quieren ser ni los primeros ni los últimos. Hay conocidos en el portal de la funeraria, y Daniel nota con espanto una parodia de friso, recién fundida en cemento, en la que una única figura, con túnica y desproporcionada nariz, enarbola o blande el índice –¿apuntando al firmamento?–. La nariz y el índice, eso sí, responden a la misma escala. Lo demás no. Adentro, Marina llora en un rincón; Alina se demora en dar con los padres de Fiorella y, finalmente, cumple con un pesame torpe.

–¿Quién se lo hubiera imaginado?

Algunos amigos lo felicitan por el éxito; a Daniel le saben mal esas felicitaciones en la casa de la muerte, pero no puede evitar pensar la ausencia como obra suya: él sustituyó a Fiorella por Kitty

–que le ha dicho, con poca cortesía, que no viene porque no tiene vela en este entierro y con qué cara, además, mirar a los amigos de Fiorella–, y esas enhorabuenas le tuercen la conciencia: la obra se montó y qué importa que Fiorella se haya ahogado en Varadero, si hubo estreno de gloria –para el que no fue precisa su presencia, imprescindible nadie: su papel pudo hacerlo una extranjera que habla con acento, sin siquiera ensayar un día.

Alguien, así mismo alguien –se dice para sus adentros– pudo haberme sustituido a mí. No somos imprescindibles ni únicos. Afuera, con él, sale Marina; Daniel mira el índice admonitorio en cemento gris y Marina, llorosa, le hace un gesto de qué se le va a hacer, entonces. No hay nada que hacerle, qué puñetas.

Pues así mismo estaba escrito allá arriba (dice Marina): siempre algo nos disgrega, todo relato se posterga y esa posposición es extraña ¿acaso porque no la entendemos? Oye, ¿te has fijado en la nariz esa de ahí?

Cuando Jacques –o Santiago, el fatalista– dilataba el relato de sus amores ¿era para subrayar su presencia o para denunciar una ausencia? (esa demora dice: he aquí a Jacques; sólo él puede contar su cuento, fijaos en él). Si fuera esto último, en esa demora es dicho, se dice lo contrario, a saber: lo que no es necesario ahora, como el relato de Jacques, puede no serlo nunca, como el mismo Jacques, acaso. Y mira, le dice Daniel a Marina, no hiciste nunca el cuento de tus amores. Tú tampoco.

–Pues no.

Sólo sería único (piensa), si pudiera precisar, en la postergación y en su ahora, si estoy ante una motivación centrípeta –los oyentes o los lectores, atentos, siguen el hilo del relato– o ante una disipación centrífuga –todo se pierde en el todo y cualquiera es, ni más ni menos, cualquiera.

–Qué bueno que nadie preguntó cómo había muerto.

–Pero si todos lo saben, Marina. No jodas.

Daniel caminó hacia la costa —ha dejado los zapatos en la arena, junto a Alina—. Alina se demora en (no quiere) ir tras él; mete la mano en uno de los zapatos vacíos y lo mira: esa imagen —descalzo, tira piedras al mar, se agacha, se levanta de nuevo— es casi un lugar común. Palpa, dentro de la horma vacía, el interior rugoso del cuero; no sabe qué, algo le dicen esos zapatos que mira con ternura extraña.

(ALINA se levanta, camina hasta el mar y entra al agua; se vuelve bocarriba, y lo llama con la mano. DANIEL sonríe)

Daniel se tiró en la arena, puso las manos bajo la cabeza y la miró flotar un rato. Para mirarla tenía que hacer un pequeño esfuerzo, suerte de abdominales —levantar un poco el torso, hacía trampa porque se empujaba la nuca con las manos—, del que saberla a ella ahí, gravitando al sol y los pies por delante, lo compensaba sin duda. Ese cuento demorado —Kitty, el Ítaca, Fiorella muerta— ¿no es, no era acaso el sueño de un día? Es muy fácil enamorarse de un fantasma, y a fin de cuentas ¿no era siempre así, por último? ¿No es así siempre que pasa? Bueno, sí, cuando pasa. El ataúd de Fiorella bajaba a su foso y Alina le tomaba de la mano; habían caminado luego entre los laureles de Colón, en sobremesa del entierro: le pareció que todos los ángeles de piedra quisieran hablarle —que a todos los ángeles les titilara un parlamento mudo, tembloroso, sobre los labios de mármol—. Habían ido hasta la Milagrosa y se habían alejado, tal como conviene, caminando de espaldas; todavía Alina lo tomaba de la mano. Después se habían ido a casa de Marina, para lavar el vestuario de la obra, Marina tiene lavadora —y ahora en la tendedera, con gorros de cascabel y piezas de saco, los pantalonazos grotescos de Pedro Cartabón y sus barbas de fleco naranja gotean un bienestar incómodo, incomodísimo. Como si dijeran aquí nada ha pasado, señores. Aquí no ha pasado nada.

¿Qué hacemos aquí? Sobre todo eso (se dice), ¿aquí qué coño hacemos? Los sueños sueños son o serán y Calderón etcétera, pero ¿quién irá a hacer el filósofo ahora? De todas maneras, qué cosa será precisable, objetiva, puntual, en toda esa arena y esa muerte y tantos espectros en duermevela, nada. La demora, pensó Daniel, una postergación involuntaria y tenaz que se pierde en su propio suceder. ¿Demora de qué? Del cuento que se cuenta, la historia de los amores de Jacques —cincelada en algún cielo, allá arriba—. Una figurita, un esquema, el mapa de algo. Una suerte, pensó, de plantilla.

La demora ¿es una repetición o una ausencia? Kitty Rose, bailando en el Ítaca, echa hacia atrás la cabeza (¿le habrían llevado opio ese día?), la orquesta dejaba entonces (un momento) de estar en su lugar, algo (¿qué cosa?) la demoraba de lo más rico... Siempre la magia se acaba después: los camerinos son un nido de pequeñas riñas y espacio para pensar en menudencias, la próxima función, dinero para el alquiler, a quién le toca buscarla esa noche. Una covacha con espejos. Pero por ahí se cuela también ese humillo extraño y demorado. Un olor en el aire como a sándalo. Catequesis imposible, esta del tiempo: no hay nada que contar, lo siento, mis perdones —pero ¿y el relato de los amores de Jacques? ¿Eso tampoco?

Alina salió del agua y prendió un cigarro, le pidió disculpas a Daniel y le pidió luego, por favor, que fuera con ella; Daniel respondió algo así como Claro, Y a ti qué te pasa, claro que vamos adonde tú quieras, corazón, y fue recogiendo sin esmerarse demasiado las cosas: los zapatos, una toalla, la ropa. Imaginen por un momento a Diderot trabajando en *Jacques le fataliste*: unas palabras un día, el capitán de los duelos, una ocurrencia chistosa, todo ello —esa demora o ese curso de días que se enrollan— cabe en el incumplimiento postergado de la promesa de un relato. Un dije Diego donde dije Algo.

—Ayúdame con los bultos.

Eso mismo le había dicho aquel día en casa de Marina. Los dos se acordaban de eso, y por eso se rieron. Los dos se alegraron por el descubrimiento, tal vez insignificante, de algo —y no mentiría quien dijese que se repite para ellos— que les ocurre de nuevo, aun siquiera sea una frase, la oportunidad de puntuar el contexto. Las repeticiones marcan siempre ¿quién era el que lo había dicho? el ritmo de las cosas.

CUSTOS ROTALORUM

Como siempre —o casi— amontonaba los sobres, con algo de orgullo. Había mucho de desidia o pereza, pero no menos del placer de sentirse llamado, correspondido o aludido, a qué sino a eso apelaba la palabra misma, *correspondencia*, a una reciprocidad entre interlocutores atentos (a pesar de la carta administrativa o del memo, de las cartas formulares y de modelos epistolares o una postal de cumplido); sorteaba, no de suertes sino de obstáculo vencido, los grupos de sobres en el camino del piso. Ni daba para tanto, tampoco, no tenía muchos correspondientes Lorenzo, los mismos amigos —o casi— más o menos dispersos, los mismos de siempre.

Pero qué bien, en cambio, venían a suma los avisos, relatos o simplemente acuses de recibo, la prestancia del correo y la suerte postal; en la casa de Carla sumaba a desánimo de holganza, de estarse tumbado y dolce far niente la redacción de las cartas, que dejaba, también, reposar con sus sellos sobre papel de manila, preludio de excursión al Correo.

Carla, qué duda cabe, es nombre demasiado sonoro y poco menos romántico, que pareciera —por lo menos en Cuba— nombre de chilena —como Andrea o Camila o, hasta en rima, Jimena—; y cómo hacen y deshacen los nombres, hay que ver cómo bordan las identidades o las alejan o algún vislumbre regalan —aunque sea por ese deseo de fondo del que nombra, del padre o la madre o de los dos por acuñar a la hija, o a la prolongación de ellos mismos (más que a la hija, quien puede ser demasiado distante y que, casi seguro, los sobrevivirá en una vida que poco, o no mucho, les debe). No hay que pensar, tampoco, que revele en detalle un perfil de persona o un mundo de gustos, porque muchas veces es casual la imposición de los nombres y todo eso lo sumamos después, lo añadimos al nombre que pudo ser de la abuela o de un amigo del padre, o tal vez de una mujer que le gustó por un tiempo o de una amiga de la que nada sabremos, salvo, en intimidad de sobremesas, que dio razón para el nombre.

Siempre halaga pensar en la época en que nacimos nosotros, o en la de otras nacimientos –la de nacer al sexo o a la pretendida adultez– y todo otro tiempo se desdibuja en el aire, se empobrece o se disfraza de pobre en comparación con tan buenos jalones o tan anclada memoria. Y descorazona, también, seguirle el registro a los sitios o a los momentos del medio, a los no jalonados, los que sin marca transcurren o suceden sin énfasis, superpuestos uno sobre el otro (y ese anterior y de luego el de más); no hay pespunte que hacerle a esa costura de tiempos, de días o incluso semanas o meses (y con el tiempo, de años) que no saben contarse, que se resisten a ser la parte o los sitios en por ejemplo una carta, porque hay que precisarle los rasgos y hacerle un espacio al recuerdo, que sabemos vivido pero no tenemos presente, y no se nos hace visible como sí, sin embargo, anclada memoria, la de haber nacido al mundo o al sexo, o a un mundo de adultos.

Cuesta, pues, memoria a deriva o mera deriva, precisar en los rasgos de un día o en los rasgos de un mapa de días sucesivos, de tiempo transcurrido cuyo hilo se pierde, los que confluyan y ordenen y den forma al relato, cuesta decir el qué de lo que hemos hecho o vivido sin describir un ambiente o un estado del ánimo, un velo que a fin de cuentas protege u oculta nuestra indefensión de los hechos; relatar los hechos en marcas, en rasgos delineados del día que tuvieron es una de esas cosas que nunca alcanzamos, nos perdemos (sin contarnos ya en palabras perdidos, bastante extravío) en concatenar lo que no tiene un arreglo ni un verdadero sostén, los hechos se difuminan y van dejando paso al olvido –o a una memoria que más que recuerdo parece el olvido–, alimentado de hábitos más que de hechos, de reglas o probabilidades más que excepciones o cumplidos eventos.

Cuesta echar ancla, detenerse en el curso de días que se enrollan y pierden, cuesta mucho decir: *esta tarde* o acaso *esta noche*, por ejemplo, como escribir: la noche empezó con un trago, luego bailamos y encendimos las luces, luego alguien llamó por teléfono y eran amigos de Carla; Carla contestó y quiso precisar un encuentro, pero entonces se fue del salón y terminó tomando la llamada en su cuarto. La esperamos aquí, cada cual a su vena, intentando charlar.

Y no hay nada que hacer, porque en esa referencia tan puntual o literal de los hechos siempre sobran las marcas del tiempo –del luego, del entonces, de ahora– y no alcanzan asertos que establezcan o concreten (o deslinden) o expliquen el día: habrá poco del hecho, y de letra, poquísimo, no habrá qué agregar o quitar salvo el más o el menos de la fijación temporal, una batalla perdida.

Claro, pensó entonces Lorenzo (pero *entonces*, ahora, ya es lo de siempre), que esto mismo se puede poner o añadir a una carta, se puede escribir en la carta la imposibilidad de los hechos o de la narración de los hechos, convertir el intercambio de epístolas en una divagación sobre lo imposible de todo relato, o de formular un relato en cabal coherencia –precisa, anclada, como memoria de luz–; podemos dictar que estamos aquí, en Lima o Madrid o Alabama o en Zürich, en tal calle de alguna ciudad o que ayer estuvimos en tal –y describir el lugar–: junto a los tiempos y marcas (como ya precisamos) de hechos, el conjunto sería una carta posible, pero sólo posible una vez (porque *entonces*, ahora, sería ya el entonces de siempre).

Sin embargo, qué atiborrados buzones, oficinas –tragedia– de correos en domingo cerradas, y esos parásitos del intercambio postal, los filatélicos, y cuántas maneras de poner una carta –¿certificada o normal?– y los rostros –¿millones?– que en mil ciudades distintas llevan el bolso o el carrito o de cualquier forma los sobres, para ellos todas las puertas abiertas, no hay quien se resista al pregón tan sutil del cartero, como ninguno vocativo –el silbato y el nombre– o a un sobre cerrado que tal vez no leamos abierto, tal vez tiremos u olvidemos la carta o no respondamos, pero sí al hombre de gorra que anuncia su oficio como llave para acristalados vestíbulos, qué fácil decir «El cartero» y entrar, siempre alguien que abra la puerta de abajo, y entonces tal vez recorrer los pasillos, detenerse en las puertas, o más simplemente volverse y salir. Carla una vez le contó en una carta su escalofrío de pesadilla al despertarse en un sueño, de esos que soñamos en círculo, en los que uno despierta en el otro (aún el otro sueño): en el primero, llama alguien abajo proclamando su oficio –El cartero–, y por supuesto ella abre. Sueña otras cosas y luego soñará que despierta, que recuerda el pasaje anterior, baja a pesquisar su buzón y encuentra sola una nota, y esa nota contiene y explica el sueño anterior y también despertarse de veras, bajar uno tras otro la escalera y peldaños, rebuscar entre los folletos de siempre, pues en la nota leía *No fue el cartero, mi amor* (Carla acota: con otras palabras, y se notaba –¿por qué?– que la había escrito un tercero, y no el impostor que denuncia el anónimo, casi obsceno farsante). Y cuál sería más de temer, a cuál juego jugaban o quién jugaba con ella, y miren qué cosa, para contar alrededor de una carta en un sueño se escribe otra carta, se toma uno la molestia o goza del placer de guardarla en un sobre, llevarla a Correos, pagar una suma arbitraria por la nebulosa garantía de que sea recibida, pues bien lo sabemos: nadie que se resista a un sobre sellado, nadie que despida sin atenderlo al cartero.

Incluso así en una esquela (del relato de un sueño) comienzan las absurdas precisiones, abundan: antes o después, uno dentro el otro, caja china de la vigilia perdida y por eso imitada o aun más incluso, contenido el sueño en la carta y esta en el día en que son relatados el uno y la otra, como por decir ayer que tomamos un trago y Carla recibe una llamada y decide contestarla en el cuarto, y luego al regreso a la sala nos cuenta (menos a mí que los otros) este asunto del cartero soñado, Tú probablemente conserves –se apoya en mí, eso es injusto– esa carta. Y por supuesto pensamos que quién la ha llamado, si será acaso el cartero, sea quien fuere por qué su memoria recuerda aquello arbitraria y no cualquier otra cosa, qué cuerda ha sido pulsada para que ella lo cuente o ya en plan suspicaz, que por qué las manos le tiemblan un poco más que como siempre tremulan.

Difícil contarlo, en una carta o de otro modo cualquiera, por ejemplo qué hacer con detalles como el temblor de las manos o que Carla beba con más prisa que antes, y aun probablemente no haya más que admitirlo, los hechos se ordenan y vuelven a lo mismo con fuerza, no hay sino verlos de vuelta para columbrarles una extraña presencia sin concierto ni orden, un no sé qué de confuso o evanescente o acaso trivial. Pero trivial de circunstancia, tan sólo, no de fondo o de esencia, no hay que olvidarse que del gesto más frívolo puede pender la suerte o acaso la vida, pues qué tejemos alrededor de nosotros, qué si no una red de frivolidades, de entretelones tan fútiles como necesarios y bien engrasados, porque de ellos depende lo otro, lo que no llamamos ni de broma lo eterno pero así lo sentimos (Que esto pueda sucederme a mí: se dice tan fácil e incluye al completo engranaje, al universo de lo trascendente y lo huero, de lo anodino y raigal, cada uno de los gestos y las consecuencias de ellos y las que pasaron o estén por venir); podemos malcontar esos ligeros sucesos, pero no su raíz ni tampoco su alcance o lugar, su monto o su costo cuando son desdichados —una frase mal dicha o un encuentro fallido o una falta de tacto—, pues esa ilación con el resto ya es tan difícil de significar o representar que se hace imposible, y aun de realizarse es ya otra la cosa, ya no es ni manera el percance trivial sino su hipérbole o más bien su ficción a lo grande, su escenificación a lo divino o así.

Y habrá que contar —mas cómo contarlo— la otra vuelta de tragos, más bien disgregada y no pedida al unísono, cada uno en el suyo distinto o casi de seguro distinto, cada cual por el suyo a la meseta de la cocina donde las botellas se apilan, imposible a esta hora que toque el cartero pero de todas formas qué cambiada está Carla, y por qué, imposible no pensar en la llamada y el *consiguiente* relato, y resulta ya que su historia y la conversación por teléfono van ligadas por ese vínculo tan curioso de la cercanía o la yuxtaposición en el otro contar —el que cuenta del suyo tras dejar el teléfono— y cómo entonces disociar una mención de la otra, cómo no encontrarle algún nexo o un hilo común. Y más, si es como el durmiente que despierta en el sueño, que sueña su vigilia sin rastro de irrealidades, traza ninguna ni huella; una muñeca rusa dentro de otra, eso es, caja china de vuelta pero ya en cambio visibles, aun sabiéndolas falsas o sin certeza evidente las puntadas del *por eso* o *por tanto* o *a causa*, y ya en una carta insoluble, quimérico no perderse en concatenar lo que no tiene ni arreglo ni sostén verdadero, pues se difuminan (como los rasgos de una cara en el sueño) los hechos y van dejando paso al olvido —o a una memoria que más que recuerdo parece el olvido—, y que no dejará nunca ver esos nexos o lo improbable y ficticio de ellos, una cosa o la otra, da igual; tampoco hay que insistir sobre mojado porque ya se verá.

Sobre las doce el cartero (o quien dijo serlo) llamó, y entonces uno a quien no conozco y que tomó el telefonillo hizo la broma previsible y como era también de esperar se asustó alguna amiga de

Carla, o jugó a estar asustada con la voz y los gestos, un pequeño altercado sobre si abrirle o si no, y al final ojos puestos en Carla, no sólo porque estamos en su casa y esas cosas aún valen, sino sobre todo lo otro (el impostor de su sueño, el haberlo contado, la llamada anterior, las manos que ahora más todavía se le traban o tiemblan) y ella al fin zanjó la cuestión, pues sí, venga, que subiera, ¿que un telegrama?, veríamos.

Y seguro de ello, Lorenzo, que a esa espera no cabe correspondencia ninguna, ni forma de hacer sentir a otro aludido o de jugar a la reciprocidad de mensajes, a lo dicho y de reverso inefable: pues de eso se trata, cómo marcar en una carta el silencio de ahora, el cartero (o no el cartero) que sube, que demora más en la espera o la ansiedad que lo que pueda marcarse en la letra o en el tiempo medirse, imposible nombrarlo, al que siempre pregona su oficio para llave de todas las puertas, y el acecho de ahora (que es el vértigo de redondear la llamada de antes, las manos nerviosas de Carla, su sueño y el relato del sueño, el momento de hacerlo, esa suma de seguro inabarcable en un punto o lugar, una zona del tiempo o del mundo ya irremediablemente perdida).

Perdida, piensa o escribe o recuerda Lorenzo, como si ya nos hubiéramos muerto, y llevado a la tumba la memoria de algo, un mundo cada vez más mermado por la sustracción de su imagen, un deterioro imparable por un trabajo de hormigas. Un telegrama a esta hora puede o debe anunciar un percance, que es el eufemismo para una muerte cercana, y así se dice aun en el pésame, Nos enteramos que hubo en la familia un percance, vaya forma tan rara o sucedánea de mencionar el desgaste del mundo por la muerte de alguien, pero Carla teme o parece temer otra cosa, importarle el mensajero anunciado mucho más que el mensaje posible.

Y entonces dice alguien de bajar, cómo no lo pensamos primero, qué descuido o qué tontos, y Carla por supuesto se niega, que no, que Vamos a dejarnos de locura, señores, y lo esperamos arriba, tan tranquilos, al Señor de las Cartas o no, temblones, aguardamos al Otro tal vez, Señor de las Moscas.

Pero el estremecimiento o la pausa son breves (tanto como el absurdo motivo, mas no el de Carla, que sigue parpadeando muy a su pesar sobresaltos). Porque llega y es ya el timbre de arriba, aquí mismo en la puerta, y no hay ya sino abrir, verificar en la inocencia del rostro la del muchacho con gorra: Su telegrama, aquí está, me pudiera (y súbito cambio): ¿me puedes firmar el recibo? (dicho rápido y en la sonrisa insinuada la complicidad que no queremos, no gracias). Y qué fácil creer en su candidez o simpleza, si pudiera creerse esa sonrisa fingida, esa ya sin duda improbable franqueza, ved como sostiene la tablilla, con qué descaro nos miente; hay tan poco que oponerle a la sospecha, a nuestros barruntos de duda y la suspicacia he aquí que es recíproca, el muchacho ahora recula, deja en manos de Carla la tablilla de recibos, se aleja buscando —¿qué cosa?— la puerta del ascensor, pero ay, Pues no, no podemos dejarlo.

No. Imposible dejarlo, imposible también explicarle los motivos de la retención —no entendería, no entiende de hecho cuando esos dos lo agarran y él forcejea, que no tiene ni un duro (nos dice), que *secuestro* (dice ya dentro la casa), que qué pasa, qué les pasa o a ver, Explicaos.

Y entonces ya no hay recuerdos que valgan, ni siquiera la parcial o jalonada memoria, no hay camino o señal que seguir hacia adentro para decidir o pensar lo que haremos ahora; no podemos siquiera seguir las marcas del tiempo y del cómo, las circunstancias precisas que distorsionan o pierden el relato del mundo porque ahora no estamos en él, aislados de nos, a solas —estas siete personas— ya en un sitio que pertenece sólo al presente sin marcas de lo no definido. Tal vez sea sólo él, el cartero o presunto impostor, quien tenga miedo morir y vea entonces como en una cinta su infancia, se agarre a su infancia o a los actos primeros que jalonan la memoria de alguien e incluso hasta sienta –recupere creyendo que por última vez– un recuerdo perdido o pocas veces contado, qué hermoso alegato le arman sus queridas imágenes, aquellas que no alcanzamos ni en broma, las que no puede contarnos ni constituir en discurso ni en súplica.

Sabemos que no puede explicarse como tampoco nosotros, no tenemos respuesta para la claridad que reclama y eso –a que sí– él lo debe saber.

El verano al revés

Ahora que ya nos vamos de vuelta no tienen sentido las peque-ñas minucias de la llegada, ninguno. Ni lo tiene tampoco escrutar, por ejemplo, a los vecinos de piso, aunque sea uno prestado o nuestro sólo por unos días, tan ajeno el piso como la playa que se ve desde la terraza y promete.

Ninguno: no tienen siquiera lugar o habría que decir tiempo —ya no queda, nos vamos y él me lo recuerda otra vez, Te falta mucho o qué, ya salimos; qué te pasa, reacciona, siempre es lo mismo contigo. Y quizá —quizá— esté mucho mejor que se diga que no tienen tiempo las pequeñas minucias, pero es que en estos sitios, donde son más o menos tan alquilados como el piso la ocupación y el ocio, también prestados los quehaceres triviales de quien toma el sol, se confunden uno y otro —el lugar y el tiempo— en una amalgama que puede recorrerse aun al revés o de espaldas (si nunca llega a estar del todo hecha, ni a pasar por completo). Y ya, está bueno. En cualquier caso, no pasará lo que no haya tenido tiempo o lugar (ya nos vamos, no lo repetiré de nuevo aunque él sí lo haga, con una vez basta). Y también lo que haya sido escru-tado lo fue sin continuación y de una vez y por todas: los vecinos del piso provisional, tan provisionales, y la cercanía de algún bar conveniente (los precios) o grato; y la de la playa, claro, que a eso vinimos, a la playa o de veraneo, que no sé bien qué quiera decir ni si alguien lo sepa, si acaso las agencias que alquilan y venden los pisos para el verano, y los operadores turísticos, pero todos ellos sabrán otra cosa —los precios y las ventajas, muy operativo todo, una postalita, mas no qué sea veranear o qué quiera decir.

El caso es que se ignoran siempre las minucias, se pasa por alto ese tiempo sin tiempo. Debería bastar con decir eso. Y ahora que nos vamos lo que se hizo entonces, aunque fuera a medias —la primera revisión, casi como un médico que ausculta al paciente—, no tiene ya el sentido que tuvo, si alguno había; nuestros vecinos de piso, por caso, que antes de tener nombre y ocupaciones (las permanentes, no me refiero a las de aquí transitorias) y más o menos lo que se dice perfil fueron su valoración o su atisbo, por ejemplo los de puerta con puerta, ella (Lucía) simpática pero quizá también anodina, y su acompañante o conviviente —quizá fijo, quizá transitorio como el verano y la playa— más interesante para mí a primera vista lo menos aunque a segunda, entonces, quién sabría (tan distinto es llegar a irse, más cuando ahora nos vamos), ni de él ni de ella. Y ya, ahora que nos vamos —a estas alturas, así diría Antonio, lo dice ahora que me apura, A estas alturas y todavía no estás lista, y bromea: Oye, reacciona— ha habido segunda y tercera y son no sólo reconocibles (el perfil que se va con quien lo hizo y lo figuró poco a poco, y queda ya inmóvil), sino también más o menos parte y concierto en la memoria reciente, una imagen hecha de perfiles acabados que se irán desdibujando después —el perfil borroso— hasta que no quede ya nada o quede muy poco, pero que de momento, por ahora, está fija y parece nítida.

Ahora que nos vamos, quiero decir, y que hubo ya despedida, la de él ayer, la de ella (de Lucía) hace un rato no más: los dos hombres entretanto dormidos, el suyo y el mío, y las mujeres que se despiden y conversan, cuántas veces habrá ocurrido lo mismo desde que el mundo es mundo.

Pero tiene tan poca importancia eso ahora, o más bien, ninguna: Lucía es ya mi perfil de Lucía —el perfil inmóvil, luego lo será borroso— y es de ese perfil del que me he despedido. De unos rasgos sí y de otros no, seguro no coincide con el suyo propio ni con el que pudo haberse hecho de ella en estos días Antonio (no voy a preguntarle, lo quiero saber pero no preguntar), que por demás será muy improbable que concurra con el que de ella tendrá su marido, que la quiere, supongo, y vive con ella y será por eso el más alejado de los otros; el suyo (su perfil para él) será el más exclusivo, tanto que aliente a hacer lo que no otros no harían (la convivencia) o que de momento, nunca se sabe, no hacen. Y tampoco me habré despedido de ese conjunto de rasgos (los rasgos de mi Lucía se van conmigo, a que los desdibuje el tiempo), sino sólo de su emblema o su cuerpo; no me refiero a la carne que tanto abunda en el verano (se la muestra y se mira, se evalúa la ajena y la propia y la de quien está con uno y puede que sea carne de su carne, tanto da), sino a lo que se diría en tiempos antiguos su *eidolon*, su fantasma, podría traducirse, pero también su encarnación o mejor su figura, figura es palabra más llana y que dice más siempre.

Y que siempre se puebla —está ya poblada cuando se la tiene, se va poblando en lo sucesivo— de cosas pequeñas, añadidos. Minúsculas, diminutas, cada una de por sí accesoria, pero del conjunto no sé si vale lo mismo.

Por ejemplo, su risa: por lo común, la risa suele ser o proyectarse hacia afuera, porque hay en quien ríe un recorrido secreto que termina volcándose —siempre hacia afuera cuando ya estalla—, pero que no está en la suya. La risa de Lucía (así queda en su perfil inmóvil, en el otro que se desdibuja irá perdiéndose, terminará en una idea ya sin detalle) es hacia adentro y dentro suyo tienen lugar la procesión y el salto, como si en vez de proyectarse se tragara su risa lo que haya en torno, omnívora. Y no es que se mida Lucía o encubra el gesto, no, de eso nada: la suya es abierta y natural y suena como la que más, y altera el rostro como la de cualquiera —la risa que siempre desfigura, la risa una mueca–. Pero transcurre a la inversa, si así puede decirse o se entiende cuando lo digo, transcurre como tiempo que deviniese hacia atrás aunque bien visto sea arbitrario, no hay adelante ni atrás en lo que ya será presente distinto, no hay linde, si son una ficción –y si no ¿por qué lo parecen?– el pasado y el luego. O más bien por qué –pero lo habré pensado ya después, ahora y no entonces– se destrenza tan bien luego lo que se entrelazó cuando era mínimo, como si fueran un cuento los días y no ciertamente días y horas y tiempo y algo real, todo se hace algunas veces real de un modo tan coherente (tan verosímil, como en un relato) que no podremos borrarlo y mentir que no fue, queda hecho del todo y completo, y sin vuelta.

Ahora, por caso –ahora mismo que nos estamos yendo, y que Antonio conduce concentrado como siempre lo hace y el tiempo transcurre adelante, y ya dejamos atrás el edificio y la zona por la que en estos días nos hemos movido a pie, y todo el paisaje es nuevo otra vez: ahora mismo– pareciera que no hubiera existido, que no hubo nunca ese pasado parcial de estos días. Si me concentrase, creo, o si me lo propusiese, quizá podría creerme que no fue ni ocurrió, y hacer (por lo menos mientras el juego dure) de estos días que pasamos aquí días distintos, días iguales o similares a los días mucho más de rutina en la ciudad y el trabajo, la oficina, horarios, días domésticos e iguales, sin peso ni rostro ni señas propias. Bastaría proponérselo, no es tan difícil anular o variar o fingir el pasado, los días y las horas. Ya sería más difícil, en cambio –cuidado, que con el tiempo se consigue, con el tiempo ocurre poco a poco y aun sin propósito ni esfuerzo– disimular o mentirse cuando se trata de un perfil de persona, o de un hecho; no ya el día o su hora sino el hecho, menos el curso que el hito. Aunque quizá bien visto sí se pueda, se haría acaso algo más cuesta arriba pero sí, por qué no; tal vez sí. También.

—Hay que pensar nada más —dice Antonio— en toda esa gente que uno se cruza y a la vuelta de un par de horas no han sido, no fueron, o como si no.

Y lleva razón, es verdad. No sé bien por qué lo diga él, a cuento de qué, pero sí.

Claro, que no se tratará entonces de quienes se ha escuchado o de inicio escrutado, y luego se los ha visto a diario o casi todos los días por un tiempo, y su perfil ha crecido y se ha corregido, paulatinos la corrección y el sucesivo incremento. No, no.

Se trata sólo —¿sólo?— de los que han reducido su presencia a una intervención casi mínima, una transacción a veces (comprar un boleto de tren o cigarros, quién recuerda a quien no vea de nuevo), otras sólo un cruce de palabras —una dirección que preguntamos o nos preguntó alguien, o quizá, pero ya menos frecuente, un comentario casual con un desconocido, más a menudo un cruce de miradas, las más de las veces son visuales y por tanto sin prueba ni huella los comentarios entre dos que nunca se han visto y no se verán luego de nuevo (y la mirada a veces curiosa o de sorna o rechazo o coqueteo muere ahí, se mira así sólo en presente, sólo se fabulan retrospectivamente y al revés, si es que se hace, el pasado y el luego). Con esos sí. No han sido, o como si no hubieran sido, tanto da. Pero sólo con ellos, me parece. La verdad es que no sé bien.

También (pero ya es algo distinto) esta fabulación retrospectiva ocurre con quien sí reconocemos y queda, de otro modo o en otros tiempos (los suyos): aun sin darse uno cuenta se prevé o se tiene en cuenta su tiempo futuro y su tiempo pasado, se imagina uno que hará o dirá y que habrá dicho o hecho o vivido, y aun imagina su familia o su infancia; y cómo vive, que ya por sí solo es para nosotros remoto —salvo en relaciones muy rápidas, o en las muy favorecidas por la circunstancia, que no abundan.

En fin, que me dice Antonio ahora –ya estamos cada vez más lejos, ya más pasado el veraneo y la playa– que tiene algo que contarme, y lo escucho, pero no me sorprende; siempre hay algo que contar. Algo que se calló en su día y quiere luego ser dicho, y narrado con pausa, y que por haber sido silencio hará revelación su relato. Y propone Antonio parar a tomarse un café –la pausa: paliar el sobresalto de quien escucha y quizá descubra–, y Sí, por qué no (se lo digo, que sí). Hacer un alto, escuchar detenida, acodada por ejemplo en la mesa, o la espalda sobre un respaldar que me cuide, lo que ya me figuro, no es tanto previsión sino más bien vislumbre. Vamos buscando un sitio todavía en silencio (nadie cuenta ni escucha moviéndose) y él no lo dice ni yo pero cualquiera de los dos bien podría comentar lo que pienso, que también los perfiles que van con uno arrastran consigo estas cosas, intuir o prever sin a sabiendas por qué.

Y en serio –basta con fijarse un poco para darse cuenta– no se cuenta ni se narra, ni menos se revela nada, en movimiento; es curioso, nunca si es algo que se cree importante, o que pueda modificar el perfil que de nosotros se tenga. La disculpa o la comprensión (no sé bien él qué espere, pero por ahí andará: querrá que lo entiendan) son inmóviles, no se entiende a quien conduce mientras por la ventana el paisaje pasa, y el sitio prestado o transitorio donde estuvimos la semana que es ya la pasada se aleja más cada vez. No, hay que detenerse y es justo eso lo que hacemos, también transitorio y prestado el sitio del alto. Por esto estaría tan apurado Antonio, por esto que todavía no sé (pero que sí me figuro) vendrían la premura y la prisa (Te falta mucho o qué, ya salimos; qué te pasa, siempre lo mismo contigo).

Si es lo que pienso, querrá tiempo –tierra– por medio, hacer ya del todo pasado lo que pueda haber ocurrido (Tengo algo que contarte, ¿paramos un rato?) y contarlo en pasado, que pueda yo entender su pasado (aun tan reciente, ya pasado) y no el presente y el ahora, que son más difíciles. Que sea —eso quiere seguro– pasado suyo lo que me cuente (aunque me concierna también o lo crea él así, si se siente culpable por lo que va a contarme será que lo cree), y así podamos luego con algo de esfuerzo convencernos de que no fue ni ocurrió, ni tuvo lugar lo que haya sido: no es tan difícil anular o variar o fingir el pasado, los días y las horas. Pero en la puerta de la cafetería, ahora que entramos (el presente de vuelta), nos cruzamos con una mujer que deja el local, se está yendo sola (y habrá venido también sola, no parece éste sitio para abandonar compañías); a mí, por un instante, me parece que es Lucía, y Antonio se sobresalta y balbucea algo que no entiendo, me toma de la mano y conforta, un apretón levísimo –y quizá inconsciente o reflejo, un tic.

No, que no es ella –Lucía seguirá aun por unos días en el sitio ya para nosotros pasado, y seguirán para ella en gerundio las ocupaciones del veraneo y la playa. Es sólo un parecido remoto. Ya se ha ido, era eso, un parecido remoto. Más nada. Pero de todas maneras, aun restituido el pasado, creo que ya sé de qué irá la cosa, lo que me figuraba cierto: también él la confundió con Lucía y el equívoco lo trastornó y lo turbó, y si es lo que yo me figuro ninguna presencia habría sido más inoportuna que la suya, no se narra ni se revela (nunca) delante de quien involucramos y se menciona y es aquél sobre quien se cuenta, personaje además de persona.

❧

No, no. Se reconoce y se yerra sólo si el perfil de los otros ya va con uno, y no es así al principio, cuando uno primero escruta y trata de reconocer luego –pero sin certeza ni suerte–, y quien entonces saludamos en el ascensor puede ser el vecino del tercero o nadie, quiero decir: nadie a quien se haya visto antes u oído, nadie identificable y con alguna permanencia por tanto. Ahora, hace sólo unos segundos, nadie fue para mí y si no me equivoco también para él Lucía, y se le hará por eso más cuesta arriba contarme, y menos pasado el pasado reciente; o quizá no, a lo mejor lo urge aliviarse si se trata de culpas, como esos fantasmas que reclaman confesión o venganza y sonsacan la revelación y el cuento, fantasma –o su *eidolon*– de Lucía esa mujer nadie que se marcha sola, quién sabe adónde, quién sabrá quién.

Y qué simétrico todo (ya caigo en la cuenta), porque esta mujer que para mí es nadie y que trasuntó por un segundo a Lucía bien pudo ser Lucía cuando Lucía fue nadie –lo fue Lucía y lo fue su marido, la vecina del edificio prestado y transitorio a quien se saluda sin saber de quién se trate a certeza: como a los vecinos puerta con puerta pero que entonces podían haber sido del undécimo o visita casual, de esos amigos a los que se ve cada seis meses, en un piso cualquiera, nadie es nadie, tan vacío su perfil como el de la mujer que ya no está y viaja sola, tan vacío que pude –¿por qué no?– haberla entonces confundido a ella con alguien, con cualquiera reconocible y menos remoto. Y se lo digo a Antonio, quizá ayude (o quizá no, pero no me interesa, que pase también él lo suyo y cuente si quiere, de todos modos no es fácil contar y se le hará igual cuesta arriba, y da lo mismo qué diga yo o qué me calle).

También Lucía fue un día para nosotros remota o nadie –hace hoy muy poco de ella remota; nada si se mide con el tiempo de la vida, una confrontación desigual: muchos años contra pocos días–, y fue nadie primero antes de comenzar poco a poco a ser alguien, sucesivo incremento el de los rasgos que se reconocen pero que ya en el reconocimiento mismo se hacen todos uno, una sola marca global o será perfil, uno solo desde el primer atisbo pero poco a poco más nítido: vecina de puerta con puerta, la chica de al lado, la chica con ese estupendo bronceado de al lado, su risa al revés, no hay segundo ni primero y son todos uno hasta el último en quien ya reconoce, y llama ya por su nombre al que ya sabe quién es. Pero que antes sin remedio fue nadie, curioso que lo previo sea siempre la ausencia, primero que cualquier otra cosa un vacío, o el vacío.

Antonio sabe, después de todo y por suerte, contar lo que quiere (me imagino que sabrá también callar lo que no, pero de todos modos no haré preguntas, mejor no preguntar ni inquirir, y que sea él quien diga lo suyo). Antonio sabe contar y cuenta, y mezcla lo que fue y es un hecho con lo que es accesorio porque no fue, aunque sí en cambio se lo haya pensado (él lo pensó) y con lo que se tuvo como aprensión y fue duda; cuenta tan bien que lo que pudo ser o no ser y donde él decidió –y quiso que fuera– en su relato es necesario y preciso, y por tanto sin elección, y cuanto cuenta ocurrió (le ocurrió) porque no había remedio, o parece. Lo parece lo menos ahora cuando narra y abre sin dejar de hablar el sobrecito de azúcar y revuelve el café, y se apresura a continuar para no perder su hilo.

Cosas de estas que son sin remedio, por caso: su primera charla con ella. Algo que explique el luego. Un cruce casual, pero ante un cruce casual en que se dice Sí, ya sé de qué hablas, y se dice (¡en un bar de playa!) también Sí, claro, un sucédaneo del ser la playa; ante eso, la verdad, ante *todo* eso, hay muy poco que hacer: ya no es casual poder decirlo («sucedáneo del ser», y que todavía encima te entiendan, y que ella responda O quizá un eufemismo por lo de predicable –y ahora «por lo»–); no, no, de eso nada, cuando pasa algo así ya no es casual sino destino y cita de lejos, de siempre, el otro que entiende y responde y entre vosotros está y corre la palabra, movedla. Lo típico: un puteo cordial que sin quererlo y de a pocos deviene otra cosa. Lo diferente, de esta que me cuenta Antonio: epifanía de terraza y vino blanco, pero revelación al fin y al cabo, y necesaria por tanto, e ineludible por eso. Lo diferente es lo ineludible. Cuenta bien Antonio, hay que ver lo bien que me prepara (como la antesala del sexo cuando no estaba previsto ni ha sido antes de serlo deseo).

Y cuenta: La segunda vez estuvimos con Rodri en el bar de la esquina (el bar conveniente, los precios), y llegaste tú luego, si te acuerdas te llamé desde el móvil, y busca ahora apoyo, ¿Te acuerdas?

Pues sí, sí que me acuerdo, claro. Sigue.

Y bueno –qué bien cuenta–, llegaste tú luego y pasó por un segundo como con Rodri antes, o eras tú entonces –recién arribada y yo en falta, también tú de sobra– lo mismo o la misma o equivalente persona que Rodri, ella que no dijo nada ni yo tampoco, y era ella la que tenía que estar allí, y bueno, allí estaba. ¿Un sucedáneo del ser? O quizá por lo de predicable eufemismo, seguro que sí, quizá eutanasia más bien para nosotros, tan sobrantes o prescindibles el Rodri y yo, ¿a que es eso? Y dilo, no hay problema, si es eso; Sí, pero no; o no, pero bueno. Sí. Vale.

Y la tercera vez fue tercera porque ya habían sido la una y la dos, entender las palabras y entenderse sin ellas, y entonces restaba lo otro, se prepara y es ya necesario lo próximo cuando quedó antes todo zanjado, y no hay entonces más que zanjar como cuando hay poco de qué conversar, mira, no sé, pues es lo que pasa, y viene solo. Sí, sí: viene solo y por sí mismo, no hay elección ni casualidad sino que tiene que ser, y es lo que es, lo que hay. No hay otra, y qué bien cuenta Antonio, si lo que quiso sale ya (sabe ya, me sabe a mí) inevitable, o por lo menos demasiado arduo evitarlo, quizá no necesario pero sí –por lo menos– de fijo, y aun de rigor a no ser que.

Y no lo hubo, el que; Antonio cuenta bien y me saca –y se saca, qué digo– un peso de encima, es curioso cómo la lengua imagina o se figura en estiba a quien calla y no descarga su fardo, y no es sino hasta el momento en que cuenta, en que ya fue dicho y no hay vuelta atrás, que viene a cambiar en descanso lo que había sido (el perfil revelado) hasta entonces presión y esfuerzo, y aguante. Interesante, y mucho, porque por el contrario se cree y aun suele afirmarse que esté en el decir el esfuerzo. O será que quizá en eso lo haya también, un sobreesfuerzo, como si quien cargase su peso tuviera que levantarse y hacer apoyo y acopio de fuerza y tirarlo, echar lejos o sobre otro lo que sobre sí pesaba ha un instante no más. No lo hubo, ese A no ser que, la excepción digo, no la hubo; como Antonio sabe contar, pareciera que no haber habido excepción y salvedad hubiera sido mi falta, asunto mío por omisión o silencio, cuando está claro más bien que no podría haberla, no hay salvedad ni excepción cuando no hay norma ni se prevé lo que será, y si se prevé no hubiera sido preciso, y si, y si no. Etcétera. Sabe hacerme un lío, él.

Pero sí que la hubo, fue esa tercera vez imprevista con ella de la que no tendré detalles ni quiero, y sobre la que no hay nada que decir —pareciera— por no haber antes yo advertido o reclamado (y si, y si no); sí la hubo, está claro, y los detalles que no quiero saber de su boca los tendré en niebla por la mía que aunque no quiera los fabula en silencio hacia adentro —el piso provisional de Lucía y de Rodri, supongo, y la connivencia y ya el roce sin mentirse palabras, la carne que es débil, habrá que suponer (o disculpar), o más simple y más fácil: la carne que es tan rica y apetece. Habrá sobre todo que disculpar si no fue nada previsto, no hubo ensayo ni fue previo lo que no había sido hasta entonces. No se prevé tampoco conocer a quien de inicio es nadie, y sin embargo todo el tiempo ocurre, pasa con tantos que gradualmente se vayan haciendo alguien y perfil preciso (el perfil acumulativo, y luego borroso), y el perfil a veces —como ahora de golpe— luego ya otro.

Pero igual, y él lo sabe, cuenta, pesa: no prever disculpa. Para su relato, lo menos, cuenta y disculpa, aunque a mí no me valga, o me valga tan poco ahora, en presente (ya luego quizá).

❧

Lucía, que primero fue nadie, fue hasta hace no más de una hora también de quien me despedí a solas, mientras dormía Antonio y dijo ella que Rodri (cuántas veces habrá sido igual, ellas que se despiden y ellos que entretanto duermen). Y todavía cuando él me apuraba –Falta mucho o qué, qué te pasa, reacciona– acaso estuviera yo demorando su despedida o saboreándola, más o menos lo mismo que cuando se paladea el trago que ya terminamos o el café que no queda, pero aún siguen enfrente la taza o el vaso vacío y con restos, y adentro prosiguen.

También continúa el olor de quien ya no está y no se abraza ni duerme ya al lado nuestro, y permanecen por un tiempo en el cuerpo el calor o el tacto o los restos de otro cuerpo después del sexo (aun cuando luego uno se arrepienta y se culpe, y se prometa que otra vez no, la que fue la última). El sabor ajeno queda en el paladar –un pequeño paraíso: en el cielo de la boca– por un lapso en que ya es propio y para bien o para mal acompaña, cuántas parejas hay rotas por un olor remoto pero lo bastante presente como para que valga de prueba, y descubra y acuse. Y aun habrá quien camine a salvo en una ciudad peligrosa porque se cree invulnerable si lleva consigo las huellas de otro: el amante de una amiga murió en Sarajevo de una bala de nadie (de un desconocido, nadie es nadie) por creerse protegido e inmune después de hacerlo con ella, indiferente a su privado amuleto la suerte. Por esa indiferencia habrá quien se baña luego, una ducha rápida para borrar al otro –el otro todavía en la habitación y entre sábanas– y que se desvanezca en el agua, el pasado es pasado, más limpio, y será más fácil así mentir que no fue y hacer votos de que no habrá otra vez, o igual no hacerlos y reincidir, si nada acompaña.

❧

Habrá sido eso lo que hizo Antonio, ducharse en el baño contiguo al nuestro y alejar de sí cualquier resto. Lucía esperaría (o ya no esperaría nada, seguiría sin más) desnuda en la cama tan provisional como la nuestra y suya sólo por unos días, los del veraneo y sus quehaceres triviales y las promesas que tan poco duran y a las que puede ponerse tierra por medio (ya nos vamos, te falta mucho o qué, qué te pasa). No prever disculpa, pero la perseverancia y lo que continúa y prosigue desasosiega y confunde, así que pasados unos días –pero todavía no han pasado– podría sin más no haber sido, y quedar en el recuerdo como el verano del año anterior (y no éste) y entreverarse con otros, cualquier verano anterior y ya ninguno preciso. Antonio cuenta bien y no será eso –la ducha o no, ella cómo y dónde tendida, el baño contiguo y cuándo– lo que me cuente, sabe que no los voy a pedir y cuenta por eso sin detalles, un viejo pacto, ni explicación ni detalles. No hacer daño. Cuidarse. Y cuenta bien.

Cuenta bien, si cabe aun mejor, cuando calla; sabe medir los silencios y las pausas, que son también mías (qué decir, cuán poco que decir o cuál el reproche, impugnar qué), y las sabrá él de antemano aceptadas o pacto seguro, él quien habla, y cuando calle también yo lo haré, y lo haré (como he venido haciendo desde que nos detuvimos aquí, aquí para esto) también cuando hable. Quizá –pero ya esto lo pensaré luego, no puedo pensarlo ahora que está haciendo él una pausa y habla luego y en fin cuenta–, quizá lo mejor hubiera sido no callarme y no oír, y discutir e insultar como harían muchas de las mujeres que conozco y muchas que no conozco (y son nadie) pero que a pesar de no ser para mí alguien sientan mayoría en alguna estadística. Gritar y llorar y encajarle en el pecho o en la espalda las uñas, por idiota. Quizá o acaso o quién sabe, sí; pero eso, ahora mismo, no lo puedo pensar y por eso callo y escucho, no más, nada más.

ℛ

Bien pensado, puede que sea porque tampoco entre Lucía y yo hubo en exceso palabras (no hubo, por ejemplo, el Por lo de predicable eufemismo la playa, ni aquello de Sucedáneo del ser; no fue preciso mentirse contraseñas ni mutuos arrobos, ni nada de eso del otro que entiende y responde, toda esa mímica tan boba del hallazgo imposible). ¿Y por qué me hace sonreír eso, que también haya sido callar, uno distinto pero al fin y al cabo también lo mismo, callar? Entre ella y yo las cosas llevaron otro tino y otro ritmo, las connivencias por otro lado más sordo o mejor mudo, y sin descubrimiento ni marcas. Ni nos estorbaron nunca tampoco Antonio ni Rodri, que podían estar o no estar –y de hecho varias veces estuvieron o no estuvieron presentes, pero qué más da, eso dio igual: a esas veces de diálogo o como quiera llamársele nuestro no les hizo falta ni mella su presencia ni ausencia, con nosotras no iba. No lo hubieran entendido, tampoco, no lo habrían entendido aun sobre aviso, y me lo confirma ahora Antonio que cuenta como si lo que pasó hubiera sido inevitable o necesario, e inevitable lo es sólo por fidelidad a esas marcas o hilos que él trama en su cuento, pero lo dejo hacer y contar, qué voy a decirle: que lo sea, venga, tramado o inevitable (ya es pasado, ya parece inevitable y soluble por eso en olvido). Yo el mío no pienso hacérselo, mi cuento es mío y de más nadie. Además, ¿Para qué?

No, mucho mejor que diga él, que cuente y escatime detalles si quiere (la habitación contigua, el ruido de la ducha quizá compartida antes o luego del sexo, y con ella cómo o cuánto, y dónde, la bañera o la cama, encima o debajo). Los dos, él y yo, ahora mismo que él habla, sabremos que no habrá detalles; respetamos casi siempre los pactos. Sin detalles lo que es ya pasado puede dejar de ser y borrarse, diluirse como si no hubiera sido, y con algo de esfuerzo puede que no hayan tenido siquiera lugar estos días, provisionales como la playa y la escasa ocupación del verano, y queden fuera del tiempo y fuera poco a poco de la memoria por eso.

Así mismo irá borrándose para mí el perfil de Lucía y diluyéndose en nada, y aun lo que dijimos y lo que entre nosotras se dijo, y lo que pasó entre ella y yo (pero en cambio ya menos lo que pudo pasar, porque la posibilidad no se hace nunca del todo remota, ni se diluye en ausencias). Sí, bueno: creo que lo que no pasó y bien pudo queda, y permanece mucho más que el olor del otro y las marcas o huellas de lo que sí tuvo lugar, será que es imposible no preguntarse o dejar estar ahí la duda, y si, y si no: se lo imagina y fabula y se pregunta uno si habrá otra vez, y sitio para lo que esta vez no fue por inoportunidad o miedo o por la duda misma, y cuando así se fabula ya no las hay, hay certeza aunque sea con escasa razón, no precisa fundamento lo que se tiene después y hacia atrás (al revés) por posible, en pasado posible –y pudo haber sido, y podrá ser quizá, o no.

Pasa como con esa mujer que nos cruzamos –una desconocida, nadie– al llegar aquí a por el primer café y para que Antonio contara (no se narra al volante, ni menos se revela en movimiento nada). Por un segundo pareció o nos pareció a los dos esa mujer Lucía, y noté el sobresalto de Antonio y el mío, más en calma el mío y más en verdad por él que por mí, y por ese segundo la desconocida pudo ser y no ser Lucía y todo eso a un tiempo, ella y no ella, y alguien quien nadie; sólo durante un vuelco o una pausa del sentido, como un agujero en algo que transcurriese continuo y sin pliegues, y de pronto se quebrase –un instante basta– y después continuase. Así mismo, pero en pasado y sin vuelta, es lo que pudo ser o no ser y ya nunca sabremos si pudo, es así mismo pero sin sobresalto y sin retorno luego. Sin pausa.

Lo otro no: el perfil que se desvanecerá se desvanecerá sin remedio, y lo que fue provisional no habrá sido ya –ningún verano preciso éste ahora reciente, y pronto sin tiempo–, y los rasgos de mi Lucía que se van conmigo se desdibujarán en mí y aun a mi pesar, y será su risa al revés un dato (¿cómo habrá sido –me preguntaré dentro de poco– su risa de la que dije que transcurre hacia adentro, y a la inversa, como si deviniese hacia atrás?). Y parecerá entonces, ya, que no hubo ese pasado parcial de estos días. Lo otro se desvanecerá, y Antonio, que cuenta en pasado (Tengo algo que contarte, ¿paramos un rato?) lo sabe. Y lo hace por eso. Creo que lo sabía antes de detener el coche y aun antes de proponer, habrá pensado si decirme o si no, los hombres se preguntan casi siempre esas cosas, y aun saben responderse a veces, decidir el silencio o elegir el relato (Antonio al menos lo sabe, no como otros que se atropellan y mienten u ocultan o callan según vengan las cosas o sobre la marcha, Lo que sea se andará, pensarán, o va y ni siquiera eso).

Igual qué más dará ahora si eligió él o si no, ya lo escuché y él contó –sí da, no prever disculpa– y ya nos vamos (de nuevo irse: Ya nos vamos, te falta mucho o qué, qué te pasa). Esta vez de aquí la partida, el sitio que se deja sí que da igual, tanto da de aquí como hace no más una hora lo fue del piso provisional y el verano y de lo que haya pasado (poner tiempo y tierra por medio, y una vez contado queda todo ya puesto). O no sé… Lo cierto es que sale mucho más fácil irse de aquí, eso sí, se recoge muy rápido una mesa tan ajena y provisional como esta: los cigarrillos, el mechero, el bolso en la silla vacía, la cámara que él baja siempre del coche aunque no vaya a usarla (la baja para que no se la roben). No me cuesta sonreírle, por ejemplo. De aquí nos estamos yendo o continuando camino los dos, y no hay de quien despedirse mientras los hombres duerman, ni tendrá Antonio que sortear una despedida pública, y besarla a ella en la mejilla y dos veces sin ganas, ni tendrá por ejemplo que abrazar a Rodri, que ha puesto solícito en el maletero nuestro escaso equipaje y todavía saluda mientras el coche se aleja. No, y la verdad no sé por qué me hará tanta gracia, es más fácil de aquí, y eso hacemos, irnos: ahora que ya estamos de pie y saliendo nos vamos sin duda, y todavía ahora que paga Antonio en la barra y espero a la puerta, sin que yo diga nada, no sé él qué esperaría o si lo espera aún, pero cuán poco que decir o qué voy a impugnar, aunque aún haya tiempo. Todavía.

✑

Ya no, ya no hay, ya salimos: ya en verdad –ahora sí– nos estamos yendo sin que le reproche yo nada ni mienta una escena, lo habrían hecho quizá algunas mujeres de las que conozco y muchas que no y que por eso, por no conocerlas, son nadie; no sé (¿y por qué pienso esto?) si aquella que nos cruzamos en la puerta al entrar lo habría hecho, tampoco la conozco y es una sombra salvo por ese cruce fortuito que me deja nombrarla. Verla ahora en mi cabeza, un segundo. Ahora, ahora sí, habrá movimiento: estaremos enseguida en la carretera, así que no habrá revelación ni relato –ni creo que quede de su parte mucho tampoco, todo relato se agota en sí mismo–, y el paisaje irá cambiando de prisa y por saltos: menos húmedo, menos húmedo, más seco mientras más cerca de casa, la meseta castellana así como es ella tan de poco amable y secorra, y más lejano todo y más en medio, y al final de esa distancia que crece restará lo que ya es pasado y se deja o queda atrás, con algo de esfuerzo como si nunca hubiera ocurrido.

Y sí, sí ocurrió.

Y también, claro, está lo que no pasó y bien pudo.

Y está –sobre todo– lo que pudiera no haber sido si: quizá debí castigar y herir para olvidar y desvanecer en niebla lo que fue, a lo mejor ahorrarse detalles no sea un buen pacto o sea uno demasiado costoso, hay pactos que se siguen a brazo partido aunque se los sepa caros. Por ejemplo, acaso de haber habido culpa y castigo, y pelea, de haber hecho sitio a una bronca que aliviase ánimos no hubiera sobrevenido lo que ahora es víspera. Quizá. Pero cómo saberlo.

Pero entonces que nos íbamos qué sentido tendría preguntarse esas cosas: no tienen ninguno ni lo tienen tampoco los detalles de mi silencio ni –luego de haber contado– del suyo; no tienen sentido ni menos tiempo, se agota el tiempo y continuamente acontece su merma y sobreviene sin aviso el final aun cuando se crea uno protegido o a salvo (así murió en Sarajevo de una bala perdida el amante de una amiga, y no tuvo tiempo a sentirse en peligro ni a descreer su amuleto, del olor de ella que llevaba consigo). Casi siempre llega sin aviso el final o no sabemos leer las señales, pareciera que irrumpe el momento a partir del cual no los habrá, ni más momentos ni tiempo ni ya más ningún atisbo de perfiles ajenos o señales que avisen, y quedará el de uno –el perfil inmóvil– fijo para consumirse en los otros. Así llega: fuera del ahora (y quedarán si las hubo las señales para quien sobrevive), o como una pausa o un vuelco, basta el encandilamiento minúsculo para que algo se quiebre, y lo real lo es más que nunca en su pausa sin memoria ni pliegues, sin aviso.

Vamos en silencio los dos, él conduce; todavía no cambia a seco el paisaje (pero ya cambiará) y la carretera hace millas y el sitio prestado o transitorio se aleja (se alejará más cuando deje yo de contar y recontarme su historia en silencio, para mí sí hay detalles, abajo o arriba, la bañera o la cama). A veces cuesta más el silencio que lo que suele creerse, se afirma por el contrario que esté en decir y ser sincero el esfuerzo, y también lo tendrá, claro, pero no como esto, casi llevar una piedra en la boca, una piedra que se deshace pero que no se consume si se la aprieta entre dientes. Como tener arena entre los dientes, algo así de incómodo, pienso. Ahora, ahora mismo, no podré saber que la carretera que pasa tan rápido y el silencio cerrado y el coche son o sean víspera, y de qué: no hay víspera si no acontece aún lo que pasará pronto como mismo antes de alguien cualquiera es nadie, por eso he contado lo suyo y cuento en ahora y presente lo mío, no se adivinan las vísperas ni el segundo antes del fin (la pausa y el vuelco sin memoria ni aviso), aunque pueda serlo cualquiera del mismo modo que un desconocido, nadie, puede llegar poco a poco a ser alguien, el perfil de lo que ocurre como el paulatino incremento del que identificamos de a pocos.

Ahora, o será entonces si es víspera, Antonio se acerca a otra curva de la carretera y lleva el coche en silencio y de pronto (ahora o la víspera, es todo de pronto y de improviso y sobreviene, lo que cuenta aquí es que está ya pasando) está allí ella –quién–, todavía desconocida y nadie, nada. Está ella –y por un instante deja de serlo, desconocida, y entonces ella es *ella*–, está en medio de la vía y en la cuneta su coche, ella esa mujer desconocida (y ya no, ya no) que se marchó sola, mira adónde, y quién sabrá por qué pero ahí está, ¿Pero qué coño hace?, hecha un ovillo que espera sobre el asfalto su fin. Mira por dónde, la chica: Frena, frena –pero no me da tiempo a más, claro–, Te falta mucho o qué, reacciona. Reacciona, qué te pasa. A Antonio, si acaso, le habrá dado tiempo a oírme. No creo que a más. Y a ella sí, ella sí que se previó quién sabe desde cuándo su víspera y se la montó bien y habrá elegido, pero ella la única, no Antonio ni yo. Antonio le pega un golpe seco al volante, aquí ya no cuenta ni narra ni prepara el terreno sino que se atropella y reacciona según vienen sobre la marcha las cosas, o ni siquiera eso; luego hay más tumbos (demasiado de improviso y de pronto, instante sólo, no sé contar bien los golpes), ella habrá mirado por un segundo de frente y quizá tuvo él tiempo de verla y de confundirla otra vez con Lucía –o quizá no–, las bolsas blancas se abren y ya lo veo todo blanco y luego no veo, y pienso que los avisos lo son siempre en falta y tardíos. A destiempo. Y luego nada.

Luego de la nada, que hay luego, todo es sin embargo después. Y después no es sino ahora, ahora que soy yo quien no para de hablar y que trato de acomodarme en esta pose incómoda, que pienso y repienso qué pasó y qué no, y todo vuelve como si algo se inundara de agua. Y Antonio: quieto, inmóvil como en ocasión de contar, porque en movimiento todo se calla o se pospone hasta un alto, ya eso lo he dicho, no quiero repetirlo pero hablar es lo único que hace pasado por fin de lo que fue, lo único que lo hace remoto y lo aleja. Así que no pienso, mentira, lo que hago no es pensarlo, sino que más bien sobreviene ya en después y muy lentamente su cara –la de nadie, la suya, el rostro de una chica desconocida que deja de serlo justo mientras espera el golpe de un coche–, cómo saber de antes (mi cabeza lo formula despacio, como si no fuera yo) que habría otra vez con ella y que dejaría de serlo, desconocida, que dejaría de serlo así de esa manera, y busco a Antonio ahora, y una enfermera también desconocida y ajena me dice que no está él en la sala (¿es conmigo que habla?), y dónde está entonces.

¿Y luego? Luego no sé bien. Desasosiega mucho, no saber. Y hay algo –dejará seguro cicatriz, un desgarro o un golpe– que me escuece en el hombro, en la cara. Luego toca de nuevo algo de nada, de niebla o de algo que acaso sea sueño, y cuando por fin otra vez vuelve todo a ser nítido un médico me confirma y constata que no, no está él en la sala ni podrá estarlo más, ni en otro sitio ni aquí, y el médico se inclina sobre mí –¿qué hace?– y llama a la chica de la bata blanca y yo veo sólo el rostro en la carretera, el miedo del rostro en la carretera a la luz de los faros y el café y a Lucía, veo a Lucía en la playa, veo rostros que llegan de distinto sitio sin ilación ni perfil preciso, todos fantasmas, todos los fantasmas, quizá Antonio —me digo otra vez con esfuerzo— se haya sobresaltado de nuevo, y por última vez en confusión de un segundo haya visto en la chica ovillada a Lucía, esa vez la última y para mí, ahora que ya no me voy, ahora que sigo y él no, última de un modo distinto cuando me pregunto qué hubiera podido no haber sido si, y cómo seguirá siendolo, bajo qué acuerdo o cuál regla, ahora qué pactos.

ACTEÓN

Sicut enim ignis cum calefacit, verita-
tem facit, quia ab eo accepit a quo habet
esse, ita haec oratio, scilicet: «dies est», veri-
tatem facit, cum significat diem esse, sive
dies sit, sive non sit, quoniam hoc natura-
liter accepit facere.

San Anselmo

No es tan difícil hacer rostro a la memoria; a la memoria de las cosa que pasan, quiero decir. Tabeliones habrá que lo escrituren, pero no hay peor grima que la de aquello que nunca ocurrió, y más si estuvo a un tris, o si lo soñaron cien veces el fervor y el deseo.

Yo bajaba como un ángel por la calle Mendoza, a unas cuadras del parque, sin gozo ni grima, más bien distraído. El primer árbol era flamboyant: lo tocaba con el índice, justo un roce de yema. El segundo no era pertinente –ni tampoco flamboyant–, pero aun así le rozaba las hojas bajas con la cabeza, al tiempo que entornaba, más o menos, los ojos. En el tercero, plantaba la mano (la palma entera) en el tronco. Ella iba con Marina, y la primera vez que me vio –si me vio–, me vio así: apoyado en el tronco, mi gesto no tenía interlocutor ni objeto. Detenido, no había nada que palpablemente esperara e incluso, al reconocer a Marina, saludarla me obligaba a salir –más engorro todavía– de esa pose inexplicable.

Una postura inútil es vergonzosa, así que recurrí a ambages para mi disculpa, porque ¿qué es la vergüenza, sino el sentido intenso de una culpa que reclama perdones? Le dije a Marina que me sentía mal, que tenía mareos y que tuve hasta que apoyarme. Magda se ofreció a tomarme la presión, yo rehusé una y hasta dos veces:

—No, gracias, no hace falta, si no es nada.

—Yo vivo en la esquina. Mi papá era médico. Ni que te fuera a inyectar.

—No, pero si… bueno.

Marina nos presentó: Magda, encantada. El gusto es mío.

Magda vive en Santa Catalina, en el segundo piso de una casa con fachada de cantería. Me sentí aliviado, porque mi excusa —como bien cuadra al íntimo perdón de la vergüenza— pasó inadvertida en tanto excusa. Una excusa trocada (o trucada) en circunstancia, no hay medicina mejor para mal de rubores.

Para mal de vahídos, parece, café, con mucha azúcar.

—Que lo tuyo debe ser del azúcar, porque lo que es la presión, perfecta.

Magda llevaba una gargantilla negra de terciopelo, con un broche de plata. Le dije que me recordaba a aquella madame —¿Recamier?— de Manet, y me respondió que si yo siempre tomaba la parte por el todo, o el rábano por las hojas y por el pico la botella, porque aquella señora andaba en cueros y ella muy bien cubierta, acoto: vestido largo, a lo provenzal, y cardigan rosado —era invierno—. Me gustó que supiera jugar con las palabras. Me pregunté —para mis adentros— si el tono de juego era sólo eso, no más que broma y jarana, o si habría otra cosa, algo más; porque lo serio, como la desnudez, cada vez más pertenece a la intimidad o a la fiesta, que se puede olvidar mañana.

—Un hollejito de naranja, Magda, sabe a la naranja completa.

—Un hollejito no te quita el hambre. Tú te lo pierdes.

Conversamos vaguedades por un rato. Marina no se sentía cómoda, me pareció; se esforzaba por hacer palmaria su confianza con Magda, ante mí, y ante ella, confianzas que nunca tuvo conmigo. Me molestaba que sacara a relucir cuentos de hacía par de años, sin venir a colación ni al caso, de eventos en común: una fiesta, una borrachera mía (y se reservaba, para sí, papeles de hada madrina); historias más o menos triviales, pero que no quería escuchar porque no me reconocía en ellas −ni quería que me reconociera, por ejemplo, Magda−. Así que me despedí rápido.

−Encantada, señor.

−Todo mío el placer, madame.

−¿Un hollejito de placer o la naranja entera?

∽

Los mitógrafos alejandrinos, a menudo, se cuestionaban la inocencia −o la culpa− de Acteón. Acteón sale a cazar, y lleva los perros; Acteón no se propone espiar a la diosa. Cuando Diana se percata que Acteón la mira, le azuza la jauría. No tiene sentido pensar un Acteón culpable: hasta el momento en que ve a la diosa, Acteón no busca ni decide ni elige; como mismo vaga por el bosque, así su alma, ajena a toda culpa. Tampoco tiene sentido la inocencia: si fuera inocente, ¿por qué lo acompañan, desde que sale al bosque, los perros, el castigo de Acteón? El mito desdibuja la inocencia en niebla, inapresable, de culpa sugerida.

Los mitógrafos no solían cuestionar la inocencia de Diana −que pareciera dada en principio: tanto es inocente, que al vislumbrar en Acteón voyeur amenaza para su pureza, Acteón ya es culpable, recibe el castigo, se desparrama en fauces de perro, mil pedazos de sangre.

Diana no es culpable. Acteón no es culpable, ni tampoco inocente. ¿Diana es inocente? Los mitógrafos andan y desandan argumentos, ajenos a toda culpa, lejanos. Ninguno es Acteón.

Ninguno ha visto a Diana desnuda. Acaso uno que otro tenga un perro, un animal probablemente fiel, que se desvela por su amo.

∾

Flamboyant, talismán. La Víbora está llena de flamboyanes, sobre todo en naranja; de vez en vez, uno morado. Desde calle Mendoza, Santa Catalina es dos filas en naranja y verde, que se pierden en subida. La terraza de Magda colinda con la copa de un flamboyant morado, y las flores ensucian las baldosas rojas del piso. Flamboyant, talismán… ¿por qué Lucio le habrá contado a Magda su ritual de buena suerte, protección, despojo? Empatía instantánea: Asunto de piel, se dice Lucio.

¿Asunto de piel?

Magda y Marina dejan pasar la tarde en la terraza. Marina lee lo que Magda escribe; sentada en el piso, sonríe. Marina identifica personas y sombras en la letra de Magda —sonríe—, se identifica a sí misma. Vuelta escritura, suena diferente la vida, pero no, Magdie, Lucio no es tan inocente. Lucio, piensa Marina, no es tan inocente cuando cuenta su ritual secreto: lo despoja de toda traza de ridículo, porque Magda no lee en él el embarazo de ir, por la calle, tocando troncos; Magda lee la diferencia, la extrañeza: no ve a Lucio —en trance de angustias— calculando la correcta sintaxis de los toques (naranja, raíz; morado, tronco, raíces, hoja), sino ve el espíritu de Lucio, en trance de elevación.

—Lucio no te cuenta vergüenzas, Magda, cuando te cuenta, te cuenta tu admiración.

Marina lee a Magda. Magda, cuando cuenta, no se cuenta a sí misma ni a Marina ni a Lucio: cuenta un modelo, una forma de un paradigma tan —y tan poco— restringido como todos, o para ser más exactos: un modelo cuya otra punta de la ecuación son los no sé cuántos miles de La sonrisa vertical, y –Magda lo asume– a tal contar, cuenta bien.

–Que este año el premio es mío.

Si al caso, todo el mundo se esconde tras sus máscaras, en secreta ligazón de palabras y de cosas. Las de Magda, según Lucio, de peligro: Asunto de piel, será, se dice Lucio, cuando le desnuda cosas y nombres, manías vergonzosas que le tientan, y a las que sonsaca, más aún si cabe, su propio relato. Tímida toca Magda flamboyanes, y sabe Lucio, no hay problema, si lo que Magda palpa es, para ella, desenfado, asunción de juego, *ludus eroticus*. Lucio lo sabe, digo.

Marina lee la novela de Magda para La sonrisa vertical –todavía sin nombre–, y se lee a sí misma y a Magda y a Lucio –que no es tan inocente–, y lee las calles y los sitios de una ciudad que conoce al dedillo, ciudad presente y –al paso– fantasma en la prosa de Magda: una Habana que se superpone a La Habana, una sobre la otra, como en bruma de aguacero. Cuestión de nombres o de hechos, más o menos; cuerda floja del deseo y la memoria.

En la novela de Magda, Mayía Rodríguez no se llama Mayía sino, mejor, calle Mendoza.

☙

Para Lucio, el Vedado es un barrio sin suerte: más que flamboyanes, laureles. Tres meses ha, pensar eso o decirlo le hubiera parecido ridículo, porque no estaba Magda para mudar en oro patetismos. De lo sublime a lo ridículo, ya se sabe, y viceversa; Magda y Lucio caminan callados por Calzada, se toman de la mano, prometen fidelidades irónicas, que hacen su valía de la cita, la sonrisa, el entimema: asunto de piel –coraza protectora y punto vulnerable.

Amor entimemático, en cabal lección retórica: argumentos de discurso, cojo en pensamiento, completos en lenguaje, palabras, verbo, y por eso mismo, viceversa: boceteado en el lenguaje, el pensamiento completa lo verosímil, reduce los términos, los amplía, para acceder lo verdadero que lo verosímil le sugiere: relación de completamiento, que supone la elipsis, verba elíptica, que ampara la agudeza del otro.

Magda siente, casi a flor de piel, las verdades que soterra un discurso verosímil. Construye —en deriva de piel— una historia que es probable mas no real, Habana superpuesta que es La Habana y no lo es, calle Mendoza, Mayía, extraños talismanes de roce y tronco, reverberantes de *impossibilia* y de ausencia, lejanos.

Broma, a fin de cuentas, más literaria que otra cosa; justificada por algún premio, como la novela de Magda, algún premio posible, verosímil, figura última callada en el discurso. Marina, que tiene llave de la casa, los espera leyendo en la terraza, acodada en las baldosas húmedas de lluvia —¿leyendo o esperando?—, locuaz. La locuacidad, como lo serio (*shame culture*, claro, apunta Magda) se cobija en la pátina apotropaica de la broma:

—Los demonios, de habitar risa y licencia, han ido a habitar seriedades, estremecimientos de aseveración.

Y Magda y Marina se ríen para espantar demontres y otras hierbas, risa —dizque— de angélica beatitud. «Qué púrpuras, sobre la tela qué dragones» —lee Marina— «conduciendo el carro inmarcesible de la Diosa». Y continúa:

La otra tela que las Parcas tejen y destejen
No conoce las humildes letanías
Que acercan un poema ni los hilos que lo bordan.
Qué pobre tejido, qué aguado tinte, qué desdicha
Que la diosa del Poema calladamente pierde,
Pero qué reverso, qué hilo en la garganta,
Ese estupor antiguo que calladamente ignora:

Suya es la suerte que este confín de guerras
Desdibuja desde el poniente hasta la aurora.

Marina lee: sobre sí vaga una Palabra Concedida, profusión
de mayúsculas que se siente en el ambiente; la sonrisa hace más
llevaderas las mayúsculas, cree, creen. El poema –como el poema
que el poema nombra–, más bien, se lee solo a sí mismo. Mayús-
cula de los silencios de los silencios de Wittgenstein, dice uno,
y la risa ampara gravedades, las desdobla, ja, ja, ja. Igual algo
susurra, apenas audible, bajo la superficie del sentido. Marina
termina de leer.

–¿De quién es eso?

–De los tres, supongo, o de ninguno.

–No se valen hollejitos, naranja dulce, limón entero. ¿No?

Y ya prosigue:

Qué púrpuras, entonces, remeda el torpe ciego
Que contempla el baño de la diosa que es la misma
Diosa del Poema, que es la misma en la infinita
Letanía que es la infinita letanía del Poema.
Así todo poema es el Poema, y los perros que la cuidan
Son la misma serpiente que la salva guerra afina;
Y la trampa de los dioses que la trampa
Del caballo de madera cubren con el velo
Como la agonía de Laocoonte se repiten, como el velo
De Abeles y Caínes que se guardan, esperando
El último címbalo, el ruiseñor que tras la púrpura
Escanda el último ruego, el ruego que consista
Sólo en ser un ruego, aquel punto en el que Diana
Se vuelva y ya entonces no haya velos,
Ni pródiga se esparza la ceniza
Del cerrado jardín que soñaron y que abrieron
Como el arco de la espera los soñados siete días.

Ya es noche –demasiada noche para el insomnio– y Magda se lleva a Lucio a la cama. Calle Mendoza es por ahora Mayía, y el deseo de los dos es real, trabado en mayúsculas, tamizado de risa. Marina, desde su cuarto en casa de Magda, los escucha en silencio, por ratos, y se queda dormida.

∽

Desde la ventana del cuarto, no se ve el flamboyant. Lucio le teme a los primeros encuentros, le teme, de cierta manera, a Magda.

Por momentos se le entibia la risa y cunde el vacío, por momentos ella se le pierde en la mera imprecisión de una mujer. La reconoce cuando ella se convierte en otra, más bien: Magda se levanta, vestida, camina de espaldas a Lucio hacia el escaparate – un mamotrético, pero hermoso, escaparate de caoba, renacimiento español; Magda toma nota mental de los espacios y la descripción, que en eso le va la novela, y el premio–, y apoya las manos sobre la puerta central. Se desnuda de la cintura hacia abajo y abre las puertas laterales, espejo contra espejo, y las piernas.

Lucio, desde la cama, imagina que le toca las nalgas: el jade siempre frío, se le ocurre. Magda lleva tatuado en la nalga –si la dividiéramos en cuatro, como en manual de enfermería, arriba a la derecha– el anagrama de Durero, una A con una D trabada bajo suyo. Lucio se levanta y la recorre, sin orden ni concierto (naranja, raíz; morado, tronco, raíces, hoja), en trance de elevación. Hacen el amor en el piso –Lucio la arrodilla, le coge las caderas con las dos manos, y mira el tatuaje que Magda, con la cara pegada a la madera, no puede mirar. Los dos saben que Marina los escucha. ¿Quién escucha a quién?, piensa Lucio. ¿Ella a nosotros o nosotros su escucha?

Naranja dulce, limón partido. Magda, realmente, escribe con un poco de cansancio, más que escribir, desenrrolla madejitas. De cuando en cuando, le es concedida una palabra, un párrafo, que sabe ajenos a esa novela que es una máscara —y no sé cuántos miles de premio—, y que, como Marina antier, diluye en risa o en chiste, en, cuando menos, salvedades del relato.

Marina se alegra que Lucio no esté aquí. Mejor: solas, Magda y yo nos entendemos a gusto. Por eso, a escondidas, le hemos preparado un pequeño teatro. Teatro de la ilusión y del desengaño. *Punir le voyeur*: el castigo de Acteón. Broma, a fin de cuentas, más literaria que otra cosa, y Magda sigue escribiendo, se entusiasma: Marina le cuenta, caminando por calle Mendoza, el repertorio de su puesta en escena. ¿Qué le cuenta Marina?

—Tú y yo lo sabemos, Magdie: él nos sueña a las dos, te desea a ti y su deseo me incluye. Me mira y, a través de mí, nos ve. Diana, Acteón, y un espejo. Dime, anda, espejito mágico, quién, cuál. Las dos. Tú lo sabes y yo lo sé. El lo sabe y se calla. *Shame culture*, claro, pero igual nos mira, desde la orilla del estanque, deseoso y con miedo.

Magda se detiene —para de escribir— y lo piensa mejor. Ni su novela es la vida ni la vida una novela. Pero bueno, por qué no... ¿por qué no, espejito mágico?

¿Broma, teatro, o ritual? Da lo mismo, sea lo que fuere, será con visos de solemnidad. Una noche: sea lo que fuere, pasto de olvido será mañana —como secretos íntimos o exultantes extroversiones de fiesta—. Yo lo sé, Marina. Las dos lo saben, ¿y Lucio?

La primera condición del espectador —para serlo— es preverse a sí mismo: preverse como aquel que contempla, luego, como aquel que en alguna medida es ajeno y, también, se es ajeno a sí mismo: el espectador regresa a sí después del espectáculo —lo cual supone que estuvo en otro lugar, fuera de sí. Algunos escoliastas entienden que los perros de Acteón lo despedazan porque, ¿adónde regresa el que ha visto a la diosa? ¿Cuál sería el retorno de Acteón? Curiosamente, ninguno apunta el olvido. Parten, tal vez, del principio según el cual Acteón, de olvidar, ya no es Acteón sino una sombra sin rostro ni nombre que no reconoce, siquiera, el camino de vuelta. Los mitógrafos ignoran el barbecho del olvido, no creen que el alma pueda parcelarse ni, mucho menos, parcelar su memoria –o sea (entienden), su identidad–. Acteón es Acteón porque lo despedazan los perros. Su culpa es su rostro: no conciben otra posible eternidad.

Magda camina con Marina por calle Mendoza. Marina la toma de la mano y le sugiere: sé Diana. Le sugiere: déjame ser el espejo donde él (¿Lucio, Acteón?) se vea en la mirada de Diana. Sé Diana: haz que el que te mira sea Acteón. Magda acepta porque prevé, de antemano, el barbecho del olvido y la parcelación del alma: Magda es Magda porque, antes de olvidar, reconoce su olvido. Nuestro olvido –¡no hay que olvidarlo!– se funda en la dialéctica de lo sublime y lo ridículo, términos entre los que media un paso. Pero un paso previsible: los pasos del retorno de Acteón quien, paradójicamente, sigue siendo él, convierte a Diana en un dato, juega con sus perros. Y reconoce siempre el camino de vuelta.

Por eso Marina, al leer aquel poema, se reía, bromeaba. Para olvidar y no olvidarse, Acteón debe conceder que todo es suscep-tible de olvido, que cualquier ridículo linda con lo sublime; que lo sublime se puede trocar (o trucar) en circunstancia, que se puede rebajar a una broma. Acteón, cuando lo despedazan los perros, siente la Culpa. Nosotros –piensa Magda– hace mucho que ya sólo sentimos vergüenza. Y una excusa trocada (o trucada) en circunstancia es la mejor medicina para mal de rubores.

¿Y Lucio?

Asunto de piel, será –se dice Lucio–, cuando trata de pensar qué mueve a Magda a mudar en oro patetismos, vergüenza de sus manías en complejidades de espíritu. Que al fin y al cabo lo son –se responde también– y camina cavilando cuál sorpresa será la sorpresa de esta noche: Magda y Marina le han prometido, con villas y castillas entreveradas en susurro, en lo que –sorpresa al fin– no le han dicho, fiesta y culminación pero, conste, asunto grave. Algo –le dijeron esta mañana por teléfono– creativo, inteligente, y que nos llene.

–Ya sé: ¿spaguettis o lasagna?

–Ni lo uno ni lo otro. Pero nos lo cocinamos los tres.

Lucio se devana los sesos un poquito, pero no insiste. Ya sabré por la noche, se dice. Magda sigue escribiendo: saliendo al bosque, mientras reúne la jauría, algo parecido debe haber (siquiera por un momento) sentido Acteón: ¿qué me depara la jornada? ¿Un ciervo de perniles jugosos, un jabalí, mi muerte, un regreso de cazador frustrado? No lo sé. Lo sabré cuando retorne a casa, o antes, en un segundo como un relámpago ante la presa que se me ofrece y se esconde, con miedo.

ೞ

Mas, ¿de quién es el miedo? El espectador de una tragedia no teme el asesinato o el incesto, ni la ceguera de Edipo: los contempla. La emoción, la exultación acaso, el mito aristotélico de la catarsis, son parte o ingrediente de esa contemplación, no del temor. Cuando Lucio subió a casa de Magda, vislumbró un decorado inusual.

El decorado de una tragedia, no el de una comedia: la risa, más que contemplación, es participación. El espectador trágico no participa de la tragedia –salvo en su mera condición de espectador–. Por eso puede guarecerse en el olvido: cuando cesa en su papel de espectador, cesa también el lazo que lo une a lo trágico. Retorna a sí; a un sitio diferente a aquel en el cual, siendo ajeno, era espectador.

Tal retorno es también la historia de un abandono: el de la culpa, sin nombre ni eco, en esa tierra de nadie de lo que fue espectáculo —y que deviene, desligada del alma, olvido—. La comedia, al contrario, supone un camino inverso: reír es también un saber; el desdoblamiento del objeto de risa supone que el alma lo conoce, lo juzga, pervierte (en la acepción hermenéutica, al menos) su sentido.

Dialéctica de lo sublime y lo ridículo: es más fácil olvidar la tragedia que, como espectador, contemplamos ajena —y ajenos a sí propio—, que la risa —la propia risa del que sabe por qué se ríe—. Dicho de otra forma, es más fácil (¿más natural?) ridiculizar la tragedia que la risa, y en esa misma proporción es más asequible el olvido; lo sublime se puede trocar —o trucar— en circunstancia, se puede rebajar a una broma; pero la broma —en el mejor de los casos— sólo se puede rebajar a mal chiste.

Por eso el decorado que ve ahora Lucio es un decorado trágico. Sobre la mesa del comedor, sábana mediante, yace bocabajo —y vestida sólo con un sostén negro— Marina. Yace, en trance de convalecencia: Magda, con cuidado y sin premura, le esparce un polvo blanco sobre la herida —si dividiéramos la nalga en cuatro, como en manual de enfermería, arriba a la derecha—. Lucio distingue algo que ya conoce en otro cuerpo, la firma de Durero, y un poco turbado, las mira; no abre la boca porque, en gesto elocuente, Magda se lleva el índice a los labios. Acteón no conversa con Diana: toda su elocuencia se torna mirada. El decorado es más complejo y Lucio lo recorre: las dos se han traído, hasta la sala, cuanto helecho y areca había en la casa, que parece ahora invernadero —invernadero de postín, no bosque, que a los decorados se les nota la tramoya. Luz de velas, por supuesto; Lucio se fija en el tatuaje reciente de Marina, que es todavía herida, incisión en la carne, línea de sangre.

Y más –piensa Lucio–, que también es un eco. Cuyo sentido se le escapa, al menos por ahora, porque ¿qué pretenden estas dos tatuándose, en la misma porción de nalga, la misma idéntica viñeta? Marina lo mira con cara dulce –y un poco ida– cuando Lucio se sienta a la mesa, y sonríe ya del todo cuando Magda lo amarra (lo entiza, casi) al espaldar de la silla. Magda se sube a la mesa y besa a Marina en los labios, en el cuello y, corriéndole el sostén, en los senos; cuando le acaricia las nalgas Marina grita, con placer, y en perfecta sincronización escénica las velas titilan por un momento, y se apagan.

ひろ

De alguna manera Magda estaba –y no estaba– firmada por Durero (se dice Lucio, que trata de entender la multiplicación de los tatuajes). Lo que podía legitimar la firma –como firma– era su dolor, pinchazo a pinchazo de la aguja, la tinta metiéndose bajo la piel: su deseo, y no otra cosa, sacralizado en dolor para hacerlo posesión –posesión del objeto del deseo: la firma de Durero–. Pero el tatuaje, ella tatuada –Magda obra de Durero– era también una broma (una broma que, por demás, se actualizaba en su cuerpo desnudo, de espaldas o bajo otro cuerpo). Una broma que fue dolor, incisión en la carne, línea de sangre –como ahora el tatuaje de Marina, que se complace Magda en palpar–. Lo que la hacía más auténtica (¿la firma, la obra, la broma, Magda?) era el que no pudiera ver ella el tatuaje; la broma era para otro –para aquel que la mira.

Pero eso hoy no vale. Hoy no, ahora, cuando Magda mira el tatuaje suyo en el cuerpo de Marina, y le muestra a Marina –en su cuerpo– el tatuaje de ella. Esa doble mirada diluye algo que no alcanza a precisar, lo diluye en sí mismo como agua en el agua. Lucio pretende perseguir esa disolución y sólo vislumbra brumas; trata de ver a Magda, y ve a otra.

La cabeza se le pierde en esa danza de excitación, culpa, juego y tramoya, quién es quién. Lucio recuerda que hace tres noches, con la cara apoyada en la madera, Magda pujaba por volver la vista, mirarlo, mirarse –mirar, como desde palco el escenario, su cuerpo y el de Lucio; Magda buscaba con la vista el tatuaje que no podía verse, Lucio se tragaba con los ojos su tatuaje y en ese dibujo los dos eran uno. Diana se pierde en el placer de los ojos de Acteón. Magda –Magda obra de Durero– se mira a sí misma en los ojos que gozan una firma que ella no puede ver, ni siquiera en el ojo que la mira.

Que en cabal puridad, ¿quién es Magda? Vuelta de espaldas, desnuda, Magda es y no es –en prestidigitaciones sucesivas– ella y también otra: una muchacha firmada por Durero, lo que de sí escribe esa muchacha en una novela que quiere un premio, Magda, ahora también Marina… ¿cuál? Marina, entiende Lucio, es sólo un espejo –como los espejos en la puerta del escaparate de Magda, tres noches hará–. Para que Magda contemple, en él, la firma de otro modo inaccesible, para contemplarse a sí misma. Y quién no sabe que la imagen del espejo no se diferencia de la de aquel que se mira, que no son sino lo mismo. Pero, en dialéctica de sublime y de ridículo –demonios que humillan culpas– se trata de un espejo parlante: Ah, la vanidad de la púrpura y del ábside –empieza a recitar, demorando el orgasmo, Marina:

> Que en la púrpura tejen y destejen.
> Ah, tristeza de la carne de marfil que en el arroyo
> Umbroso de su púrpura se pierde y se defiende
> Con la púrpura de sangre, en las mandíbulas de hilo.

Marina se concentra, a pesar o tal vez gracias al jadeo que no puede evitar, en declamar con ahínco.

Y como golpe de efecto, la silla de Lucio trastabilla, cae, y el héroe (tanto en un sentido literal como en otro, figurado) se desata. Acteón mira a Diana –que es Diana que ve la mirada de Acteón, su mirar, dado vuelta–; Lucio penetra a Magda, inmerso en su tatuaje y en la copia, más sangre que tinta, de Marina (que se suelta en éxtasis, como la Santa Teresa de Bernini). Esa Magda –siente Lucio– es otra, otra Magda o simplemente otra. Ahora ella tal vez sea también Marina, y él se pierde en danzas mucho más del cuerpo, mucho más de piel, sin que cesen por ello los trajines declamatorios de la otra:

Vanidad de vanidades en la verdad de las verdades
Del centro que tan resueltamente es,
Sobre un cáliz de dos asas con el ojo
En los dos lados de la cara,
Tras los mil ojos de la noche:
Pues el brocado que hacia el mármol se traslada
Es ya mármol, la mirada del que mira y es mirado
Como la que se vuelve asunta término y principio
De la desnudez de la carne que a su pesar se ofrece.

¿Broma, teatro, o ritual? Sea lo que fuere, da lo mismo: pasto de olvido será mañana, solemnidades rebajadas a danza de bromas, barbecho de la ausencia. Olvido, antes de serlo, previsto en su escenario. Lucio, antes de dormirse, se fija por última vez en el tatuaje reciente de Marina. Piensa que Magda no hubiera podido hacerle el amor de no haberla tatuado antes y se convence de eso mientras cierra los ojos. Como agua en el agua, la culpa de Acteón se diluye en esa imagen duplicada, dolorosamente grabada en la piel, y qué paradójico, indeleble.

＊

Lucio baja distraído por Mayía, caminando despacio. Es cosa nueva para Lucio andar distraído −realmente distraído−, así que lo disfruta. Cuando dobla en Santa Catalina, los flamboyanes, vistos en picada, son dos filas en naranja y verde, que se pierden en subida: Lucio los mira, con algo de nostalgia o de cosa perdida, y lo ciega el sol de agosto. Magda, de lejos, lo ve (o lo imagina) en roce de hojas, en talismanes de tronco. Lucio le devuelve la mirada y se ríe, a mandíbula batiente (por espantar demonios y otras hierbas), o tal vez se ríe sólo porque le da risa, porque sí.

Así lo ve ella, y se contagia de su risa; la risa los confunde −ni uno ni otro: por un instante, dos que ríen la misma risa, una sola melodía que sólo ellos bienentienden, y que no precisan comentar.

Arriba, Marina (que tiene llave de la casa) los espera leyendo en la terraza −¿leyendo o esperando?−, locuaz. Locuacidad anecdótica: que mañana un amigo suyo se va a Madrid y con él se va, por fin, la novela que ya Magda terminó. Y que tiene ya título: Calle Mendoza, se llama.

Hay expectación de premio que ninguno, tampoco, se toma muy a pecho: si sale pues bien, y si no también. Por si o por no, Lucio mira su flamboyant preferido, que da sombra a la terraza, y Magda y él sonríen, al unísono. Esa sonrisa −acota Magda en su novela− es extrañamente pura y sin tiempo. Y poblada de ángeles, dice.

Tabula rasa

La mesa estaba a un lado, escorada o ladeada y con las patas que quedan arriba sosteniendo la camisa de ayer, la que me acabo de quitar ahora, un pareo y no sé qué más, una sábana sucia. De hecho, está así (de lado o tumbada, digo) desde que le prometí. a Lisa que la enceraría yo mismo, y eso fue antes de que Lisa se fuera y ya no hubiera entre nosotros nada, es decir, que fue hace tiempo, lleva así ya lo suyo. Pero no creo que Lisa se haya ido por la cera pospuesta (hay que lijar primero, cada vez un esmeril más fino; luego pasar la cera, y dar muñeca, y luego un trapo: quién lo hace con este calor, no debí prometerlo). A lo mejor se fue Lisa por cosas o palabras así, haber dicho Haré tal cosa y luego no hacerla, todo esto de prometer sin saberlo; pero no por la mesa, no creo. Nunca me lo echó en cara, tampoco, y ella es, o era, de echar en cara cosas. No le habrá importado, o menos que a mí.

Bien pensado, podría encerar ahora la mesa. Hace tres, dos meses y pico que se fue Lisa; se fue en junio, casi tres meses. O sea, que hace ya más tiempo de ida Lisa que de Lisa conmigo, el doble de tiempo casi, estuvo aquí seis semanas Lisa o duró seis semanas ella, la mesa lleva más. Bueno, la mesa lleva la suma casi total de los días con Lisa y de los días sin ella. La encontramos recién llegados, una noche que paseamos por la playa y luego subimos por la calle de las escaleras y estaba tirada en la acera la mesa y los dos pensamos lo mismo, Es linda la mesa, y Es gratis, nos la llevamos a casa, venga. Entonces yo prometí encerarla, dije que sería mucho mejor que el barniz y ella se entusiasmó (entonces, lo menos, se entusiasmó; se entusiasmaba entonces a menudo Lisa). La llevamos de a dos, uno a cada lado y la mesa invertida, para no golpearnos con las patas porque quedaba todavía un buen tramo de escalera y no es cómodo, se habrán acarreado siempre así los muebles aquí pero Lisa y yo somos (¿o éramos?) de ciudad y no tenemos costumbre. Lisa lo seguirá siendo, habrá vuelto a serlo cuando se fue de aquí. No sé adónde habrá ido, pero no creo que a otro pueblito perdido para huir del mundo con otro amor de su vida. Estará en Barcelona y tomará el metro y subirá sola o con paquetes o quizá algún mueble en el ascensor de su casa, no suele haber escaleras en las calles de las ciudades o en Barcelona lo menos no hay. De haberse quedado más tiempo –se me ocurre– quizá Lisa hubiera querido llevarse la mesa. Mi mesa, decía: Y para cuándo enceras mi mesa, no es un traste. Se hubiera encariñado si hubiera habido más tiempo, Lisa y la mesa (y yo) convivientes. La convivencia crea hábitos. Y era menos traste entonces que ahora, más mesa: se estaba sobre sus cuatro patas, que es como suelen estarlo las mesas, y la usábamos para desayu-nar y almorzar y sentarnos de noche; y también la estrenamos, que quería decir entonces singarnos allí o donde fuere, en este caso es encima. Recién llegados estrenamos toda la cabaña, la salita y la habitación y el patio, si es patio (es abierto y sin verja, para mí los patios son cerrados y quedan en el interior de las manzanas; pero es cierto, será así en las ciudades, que tienen ascensores y camión de mudanzas y donde no se estiban, a quién iría a ocurrírsele, muebles en plena calle). Será lo que hacen los recién casados, supongo –y no lo fuimos nosotros, ni creo que lo seamos, ya no; también el chico sube a la chica en brazos a la habitación, por suerte nunca nos dió por ahí, una cosa la mesa entre dos y otra Lisa desde la playa yo solo hasta aquí, imposible–. Lisa, que ponía esmero en los estrenos, me preguntó una vez –pero no recuerdo si en la mesa– si lo hacíamos no más ella y yo, o se lo hacíamos al sitio, el sitio o el mueble en la pregunta un tercero –un objeto sexual, nunca mejor dicho ni tan a la letra objeto.

Bien visto, podría encerar la mesa ahora; si no lo hago es porque sospecho que sería en verdad un sucedáneo de algo que hacer, y no actividad ni hecho de veras, lo es más –hecho cierto– así pospuesto como permanece (a no ser que me anime) que llevado a cabo. Pueden serlo más –en verdad hecho– las cosas pospuestas que ellas mismas echadas a rodar porque no sigan siéndolo, previstas y posibles y aún sin hacer; quizá recuperar a Lisa lo sea, si no posible o previsto lo menos sí deseado y pospuesto, y por eso no hago nada sino desearlo y mirar la mesa escorada y sin cera ni uso ni abuso.

Quizá deba irme, sin más, y se quedará aquí la mesa –el objeto– y todo lo demás que no puedo llevar, o que no estoy dispuesto a llevarme; viajar, irse, son mejores sucedáneos de hacer algo que encerar la mesa o sembrar –es otra opción– remolacha en el patio, aun sin quererlo termina uno haciendo o viviendo cosas o viéndolas si viaja, se dice Vamos a ver la catedral o se señala, Las pirámides, mira, como si ver fuera actuar, por sí mismo el testigo un actor –cuando son en todo lo demás, o en el teatro lo menos, contrarios y opuestos: los espectadores de un lado, los actores encima sabiéndose mirados–. Y no sé si lo sea, no lo creo que a carta cabal, pero lo parece a quien viaja, y como quien no quiere la cosa siempre se arma una historia de algo (el tren, el viaje, la desilusión o el entusiasmo de lo que se ve y mira y por lo que uno se ha movido y hecho horas de carretera o de tren o de avión). Una ciudad o un sitio nuevos –un tercero– y gente desconocida y ajena, pasan cosas.

A fin de cuentas, ¿qué es un hecho? Quizá se haya ido Lisa por eso, un hecho tiene que permanecer y seguir siéndolo –esto es, siendo otros, la cantinela de causa y efecto que es causa y etcétera, tiene todo que cambiar para que siga lo mismo–, y ya para ella haberse venido aquí conmigo y la playa y las escaleras y la mesa hallada y en estiba o los sitios y el objeto estrenado –un tercero tal vez– y ella misma conmigo no lo fueran, hecho, no lo siguieran siendo, sino sucedáneo de algo que hacer levantarse y que yo escriba y almorzar, y ella salir a la tarde con la cámara y almacenar carretes, responder cartas luego; como que yo lijase ahora la mesa, mintiese en cada pase de lija que algo comienza y es hecho, y diera luego la cera, y luego un trapo, otra mesa la mesa al final. No. Y con Lisa, quizá; quizá pasara que nada pasaba, que el hecho estuvo en venir y en los estrenos, y en las primeras veces de playa y de bajar al pueblo, y ya después no. La cadena rota. El desfase.

Se rompe fácil, esa cadena, en lo que a uno toca; en lo demás todo sigue su curso solo y sin que haya que medirlo o sonsacarle respuestas, todo se arma solo y transcurre, pero en lo que a uno compete o cree que le toca puede romperse y dejar de ocurrir el efecto y ya no ser causa; el hecho la nostalgia del hecho, estar aquí sentado frente a la mesa que no enceraré –está decidido, ya está pospuesto y ocurre– no conduce a nada ni nada me condujo hoy aquí –nada que a mí competa; de lo que no pulse yo quién sabrá qué, cualquier cosa puede–. Se habrá roto ya con Lisa aquí esa cadena (¿cuando?), y echaría ella de menos los hechos, hay personas que los echan casi siempre de menos, y necesitan actuar y hacer más que ser, pero no sé, yo pospongo demasiadas cosas –y no enceraré la mesa, ahí se queda escorada y de percha–, me prometo lo que no hago –ahora mismo, por ejemplo, viajar, irme, lo fabulo o lo imagino pero me disgrego y no ocurre nada, aquí estoy.

Las cosas ocurren más o mejor cuando no te conocen. Entre quienes te conocen (¿sería eso con Lisa?) prima lo que uno es y seguirá siendo luego, la identidad aleja las cosas que puedan pasar o las confunde, lo que uno hace es lo que es –y no es hecho ni acto sino adjetivo o atributo, Soy el que escribe o quien lee o quien toma té en el desayuno o Lisa quien sale a la tarde a buscar la foto, *su* foto, y atesora carretes. Entre desconocidos en cambio cualquier cosa conduce a otra –la cadena impoluta y activa–, el café que se pide en el avión y pasa sobre la vecina de asiento o una disculpa, cualquier cosa porque todo es acto. Compartir un compartimento en el tren. Ver a otro –desconocido, ajeno– dormir. En cambio con quien te conoce y conoces no ocurre, las cosas no pasan sino únicamente son o están, parte y concierto de uno, atributos, como tener muy blancas las manos o pecas en el pecho, como Lisa, o una cicatriz en el hombro o ser actor –haberlo sido– o posponer cosas, no sé. O ser quien no ha encerado la mesa, el que ahora no viaja, quien juega con la navaja del huerto y no la hundirá en su carne, tampoco, o sí.

Stultifera navicula

> Entre muchas cosas estrañas et mara-
> billosas que nuestro señor Dios fizo, tovo
> por bien de fazer una muy marabillosa;
> esta es que de quantos omnes en el mundo
> son, non ha uno que semeje a otro en la
> cara; ca como quier que todos los omnes
> an essas mismas cosas en la cara, los unos
> que los otros, pero las caras en sí mismas
> non semejan las unas a las otras.
>
> Infante Don Juan Manuel

Uno de tres. ¿Creer en la ley de probabilidades? ¿Circunscribir, por no sé cuál entropía, al orden la ausencia del orden? No. Prefería creer en merecimientos: *sum qui sum*. La estadística iguala, nivela, equipara, identifica, uniforma; sus unidades son mensurables porque son idénticas, porque son una: uno de tres.

–¿Un tercio? ¿Un único bote, acaso, ajedrezado de tercios sobre-vivientes –en blanco, claro–, y enlutado de muchísimos dos tercios desastrados?

No. De diez dramaturgos ingleses no le gustaba –décimo de teatro inglés– uno indistinto en el conjunto; le gustaba Shakes-peare. Como pensando en las musarañas, la cabeza se le ocupa en esas cosas. Miriam aprieta el paso, porque las calles están oscuras, Ajedrezadas de adoquines ausentes, se le ocurre. Miriam mira a la acera, en otro tramo de luz, mira los rostros de la gente, cuenta, en la cuerda de la estadística: de esos cuarenta o cincuenta –hombres, mujeres, dos niños–, ¿con cuáles identificarse para, fracción en la unidad, armar el décimo o el tercio, el perfecto engranaje de estadística improbable? No. Uno de tres no vale, como tampoco vale la unidad que, siquiera pensada, suena falsa: unánime unidad, todos para uno y uno contra todos. No. Uno de tres no vale. Uno llegaba; dos se perdían en el mar. Ya casi llega a casa Miriam y la asalta la duda: la estadística, ¿se refiere a botes o a personas? No importa... sí que importa. Claro. Pero al caso, ¿quién o cuál llega, cuál no? Manera de distribuir la suerte, de despertar a la pitonisa de Delfos, se le ocurre, y también:

> Tín Marín,
> de dos pingüé,
> el primero
> de los tres.

Todos para uno y ese contra todos. Todos: hombres y mujeres –dos niños– y los ademanes adustos de la resistencia, y los ceños fruncidos de quien busca en la memoria –en el fondo de la memoria, el recuerdo perdido de un sueño de glorias–. Ah, la gloria... *Militia est vita hominis super terram*, decía Job; *comedia est vita hominis super terram*, dijo Juan de Salisbury y piensa Miriam, y prefiere Miriam; si al fin al cabo, *as you like it*, pero el como gustéis puede ser ilegal: Dinamarca es una cárcel.

Ariel tiene nueve años. Ariel no es niño, sino niña; a Miriam le gusta, en serio parece, Shakespeare. Cuando mamá llega, Ariel se despierta, y clama por mamá:

–¡Mamá...!

–Hola, Ariel, mi amor. Estuve en casa de tío Fabián. Mañana... mañana tenemos mucho que hablar, Ariel. No, no, mi amor, no hiciste nada. Vamos. Vamos a hacer algo juntas, algo importante, que tenemos que conversar. No, ahora no, mañana. Duérmete. Bueno, Ariel, está bien: vamos a hacer un viaje. Un viaje largo, pero si no te duermes ahora, no te lo cuento mañana. Sueña con los angelitos, mi amor.

Ya es casi madrugada. A Miriam, de noche, le gusta más la casa. Quién se va a fijar —ahora— en una pared despintada. No: Miriam revisa los objetos que quiere, como para grabar en la memoria. Todo eso se queda, independiente de sí: todas esas cosas, tan lindas tan hermosas. El aguamanil de loza blanca. La lámpara que Lidia salvó, para ella, del inventario —otra ventaja—: a mí no me hacen inventario. Y el Amelia de Clara.

—Para mí no hay inventario aquí, hay, tal vez peor, cuarentena allá, que en todas partes cuecen habas. *Comedia est vita hominis*: el sueño, lleno de estruendo y de ruido, narrado por un idiota, y Macbeth, en medio de su lago de sangre… ¿qué más da volver atrás o continuar? Nada es imposible a partir de lo que somos hoy. *Puppenspiel Gottes* el hombre —diría Lutero—; *Puppenspiel Gottes*, Muppets Show al fin, con una Piggy ajada y ridícula de timonel. Uno de tres. Destino extraño.

∽

¿Qué la decidió? Oráculos de la pitonisa, se le ocurre. No, el tiempo: maldiciones, ahogadas en rutina —ahogadas y profundas—, o el tiempo perdido; el tiempo deformado. ¿Diálogos de conseja y desespero? No. Miriam se levanta y camina por la casa, sin apuro. Se mira en el espejo. Los rasgos de su cara pueden ser de otros; se mira hasta que no se identifica a ella misma; por lo menos, hasta que no se identifica la cara. *¿Est je un aûtre?* No, también, tampoco. La decisión es mía. La decisión es suya, se dice. *Sum qui sum.*

Tin Marín.
de dos pingüé...
¿el primero
de los tres?

Diálogos de conseja y desespero... ¿cuántos? Parecidos todos,
igual. ¿Con quién? Con Lidia, que la espera en San Francisco. Con
Carlos, que no le ha escrito nunca. Con gente que no la espera
en ninguna parte. Con gente que ya no espera nada, o que se la
pasan esperando. Ah, la víspera... Esperando el fin de la película,
que no termina nunca. O esperando segundas partes, que nunca
han sido buenas.

–Y cómo, tan callando, se pasa la vida.

Esperando. Se le ocurre: ¿en el *Hôpital Général*? Los oráculos
de la pitonisa, no se olvide; pertinencia de la casualidad, tal vez.
Locura, se dijo en un momento; uno de tres: habría que estar loco.
Estaba en la Biblioteca, así que buscó en la L; *Locke, Locuciones...
Locura. Locura, Historia de la*. Pidió el libro. El primer capítulo,
como una iluminación, destello délfico, Delfos o Ifá: *stultifera
naviculis*. Ese libro, ¿entre cuántos? ¿Uno de veinte, uno de treinta?
No, la ley de probabilidades no vale. Uno, de tres. Mejor creer
en merecimientos.

Cuando la apuraron para cerrar ya casi terminaba. Nave de
locos: un motivo, un tópico, tan real como todos. En el principio,
fue la exclusión. Historia vieja: leprosos, galicosos, mal del reino,
melancólicos, locos, peligrosos, mal ejemplo, gusanos, desca-
rriados, heresiarcas, lascivos, vagabundos, indebidos, disidentes,
escoria, corruptores. Excluirlos, por unánime unidad. Para el bien
de todos, *and justice for all*.

En el principio, la exclusión: naves conduciendo locos en busca
de cordura, exilio razonable. Sitios de concentración, para purgar
el hombre, salvar el alma, purificar humores... Ah, el hombre

nuevo. Saint-Mathurin de Larchant, Saint Hildevert de Gournay, Besançon, Gheel. Buscando el paraíso. O huyendo del infierno. No es lo mismo. Miriam lee. Nave de locos, ¿qué la decidió? No. No basta la exclusión. Edictos, poder, unánime unidad. *Hôpital Général*. El 1676, el Rey prescribe el establecimiento de un *Hôpital Général* en cada una de las ciudades de su reino. Estructuras de base, Dios salve al Rey. Miriam lee: «…por primera vez se sustituyen las medidas de exclusión por una de encierro; el desocupado es sostenido con dinero de la nación, a costa de la pérdida de su libertad individual. Entre él y la sociedad se establece un sistema implícito de obligaciones: tiene derecho a ser alimentado, pero debe aceptar el constreñimiento físico y moral de la internación». Dinamarca es una cárcel. Y cómo se pasa la vida, cómo se viene la muerte, tan callando, en comedia de equivocaciones.

✍

Nada que llevar: Miriam va ligera de equipaje. Caminan por la costa, como quien goza el mar. No: el mar es el enemigo, El mar que une y separa, se le ocurre a Miriam. Ariel va callada, se agarra de la mano de tío Fabián y de la mano de su mamá, quiere llevar la linterna.

—Mira, Ariel, alumbra ahí. Frío, caliente, ahí mismo.

Fabián saca del hueco cinco bidones de agua, uno a uno. Miriam se agacha y no dice nada, piensa: ¿Y yo estoy haciendo esto…? La decisión es mía. La decisión es suya, así que bajan buscando el bote.

—No, chica, no. Ese bote, a esta hora, está siempre solo.

No. El bote no está solo. Dios mío, Dios mío, Dios mío, se asusta Miriam. La silueta del hombre, fumando, le recuerda todo lo que no quiere. Uno de tres… ¿y cuántos salen? No. Tranquila.

Ariel, tú calladita –se lleva el índice a los labios–, que tío Fabián resuelve todo. Callada, calladita, sólo silencio, Señor. Silencio.

En la penumbra de la playa, son sólo dos sombras que se acercan. ¿Dos sombras idénticas? No. Una sombra y otra sombra. Una conocida y cercana –¿te acuerdas, Fabián, los días de la universidad, te acuerdas de, recuerdas que?– y otra desconocida y ajena –sin memoria, Ni siquiera con olvido, se le ocurre–. Memoria y ausencia. Las suyas, claro. Lo único que no le quitan ni el inventario de aquí ni la cuarentena de allá, pero... ¿qué otra cosa buscaba sino olvido? No. Sí, sí: olvido y ausencia de lo que queda atrás, memoria de sí misma. ¿Buscando el paraíso o huyendo del infierno? Higiene del Leteo. Tirarle lastre al globo. ¿Qué pasa con Fabián? Miriam abre los ojos un poquito: la sombra ajena le da fuego a la sombra conocida. De aquí no se oye nada; ni siquiera precisa los rasgos de las caras –si acaso un instante, sólo cuando los punticos rojos de los cigarros se acercan a los rostros, que luego desdibuja el humo. ¿Quiénes son? Dos amigos que conversan en una playa, sí, por qué no. O dos hombres que hablan sobre una misma mujer. Un hermano que aconseja al menor. No. Son Caín y Abel, Abel y Caín, cada uno. Olvido y memoria, memoria y olvido, los dos. Cada uno la suya, claro. O más simple, enemigos. Ah, el enemigo...

Dios mío, Dios mío: Miriam tiene miedo, y aprieta la mano de Ariel. Ariel tiene miedo también, pero tiene los ojos abiertos, y trata de mirar. Enemigos, ¿qué o quién es el enemigo? No hay un enemigo, sólo existe mi enemigo, en la cuerda floja del posesivo. No. No hay Enemigo, pero siempre está, zanahoria para el burro, inventado por todos. Todos para uno y ese contra todos, el enemigo está ahí, malabarista del nosotros y del ustedes, de lo igual y la diferencia, repartiéndose las almas, malo y bueno, bueno y malo, *ad maiorem gloria* ¿de quién? No. Ni de todos ni de nadie.

Las sombras se han puesto de pie y –ve Miriam– mueven las manos. El otro se quitó la gorra, ahora, ¿quién es cuál? Mejor no mirar. Sólo silencio de ojos cerrados pero, mentira, no puede. Uno se guarda el sobre que tenía Fabián con el dinero, las dos sombras se separan. Fabián se había empecinado: cien dólares no es mucho allá pero de algo servirán. Miriam mira, entrecerrando los ojos. De nada sirvieron, parece.

–¡No!

Cuando suena el disparo, corre. No, Fabián, Dios mío, no, no. Las dos sombras están en el piso, Abel y Caín, Caín y Abel, quién es cuál. Miriam corre, sólo sabe que pelean; enemigos, claro. Se cae, se levanta, llega.

–¡Fabián!

Qué reconfortante reconocer las caras, al fin; Fabián se está levantando, la mira –ya está de pie–. Se mira a sí y mira al otro, que estertora; no, no puede morirse, Dios mío, Dios mío, y qué hacemos ahora. Miriam le quita la cuchilla de la mano, y la tira lo más lejos que puede. Fabián se va a levantar, y nota que tiene una herida poco más abajo de la axila, como un desgarrón, pero se incorpora, apretándose el brazo contra el hombro, en anestesia de intuición. Está de pie –ahora sí, ya de pie.

El otro, en el suelo, trata de moverse cuando Miriam se acerca. Fabián se da cuenta y, por si las moscas, busca la pistola –un revólver viejo que está caliente–, y lo tira al agua. No llega y suena en el arrecife. ¿Y Ariel? Ariel mira desde arriba, alumbrándose los pies con la linterna. *¿Sum qui sum?*, se pregunta Miriam, y le pide a Ariel que baje

–…con cuidado, Ariel, que no hay apuro.

Tratan de calmarse. Miriam le mira la herida a Fabián. El otro tiene un navajazo en el abdomen, pero Oiga, compadre, de eso usted no se muere. Fabián, igual, duele muchísimo, pero dice Miriam que no es nada. Miriam ni se reconoce, pero por ahora no se le ocurre pensar; es sólo cargar el agua, una bolsa con siete latas de leche condensada, virar, entre los tres, el bote. Fabián busca el dinero y la navaja. Cuando siente el agua en las pantorrillas, también, como un destello, siente Miriam que algo ha cambiado, que lo que está viviendo, menos que presente, es cosa ida, evento sucedido. ¿Olvidar? No. Ordenar la memoria.

O sea –Miriam es sincera–, olvidar.

Fabián se queja al proejar, así que Miriam le quita un remo y trata de seguirle el ritmo, uno, dos, tres, cuatro. Escruta la costa, en vano; nunca, la verdad, imaginó así la despedida. Éste no es el aeropuerto de Boyeros, ni los amigos mueven –mudos, porque su sueño fue siempre silente– las manos tras el cristal, ni hubo una noche última de amor, ni habrá, parece, vista panorámica de tierra que se aleja.

Miriam se deja llevar, y la memoria suplanta el ensueño –recuerda, recuerda tu nombre, recuerda– y se ríe de recordar un poema de Heredia, del que siempre se rió, y se ve a sí misma: años atrás, en el patio de su escuela (ante un patio lleno de niños que la miran, esperando, y Miriam, niña también), mientras busca los versos de una última estrofa que no le vienen a la boca, y se ve oyendo; primero, el murmullo; luego la risa, la carcajada in crescendo, aquella risa hecha de pequeñas venganzas, de sentido del ridículo y de miedo al ridículo, de rencores menudos y de ingenuo motín escolar.

Miriam está sola, ante el patio que –en unánime unidad– ríe, y trata, sin ganas ni éxito, de reír con los otros, sintonizarse, formar parte. No puede más y, años atrás, todavía ahora, en el recuerdo, se echa a llorar, mientras corre

–¡mamá...!

Uno para todos y todos contra uno: trágame tierra. Sin embargo hoy, como una letanía, le vienen absurdamente a la cabeza los versos de Heredia, y no puede evitar una risa sorda, esta sí real, sólo para ella. Dios mío. Olvidar.

Pero mejor, mejora, el último vistazo, aquí, ahora, en el bote que se aleja. Le habían dejado una bengala –una de seis– al herido, el otro, el enemigo, y bajo amenaza, instrucción de aguardar, a usarla, verlos remontar el horizonte.

–Sí, coño, que lo recojan, no vaya a desangrarse.

Ni cinco minutos, por supuesto, esperó el otro. Miriam se sobresaltó por un segundo, y luego el resplandor rojo iluminó el cielo, la costa, a ellos mismos, antes de tiempo. No: justo a tiempo. Para marcarle un hito al olvido, una última imagen reconciliada. Un adiós que se apaga como chispa en el mar. Sin buenos y malos, Caínes y Abeles. Noé, desde el arca, despidiendo la tierra que se anega en el agua.

Jalea jacta est, bromea Fabián. Miriam le acaricia la cabeza y rema con los ojos cerrados. Olvidar... la Coca Cola del olvido, el agua del Leteo. No hay que mirar atrás. ¿Y si hubiera, mi Señor, diez hombres justos en Sodoma? ¿Uno de diez? No. No vale la estadística. Y tú, Lot, empínate, corre con tus hijas. No. Ya no quiero ser la estatua de sal. Sola en el desierto. Debastándose en el desierto, perdiéndose en el viento que la toca. No hay que mirar atrás. Borrón y cuenta nueva, olvido, ausencia. Coca Cola del Leteo. *Drink Coke.*

Ya se van sintiendo las olas. Como siempre: marejadas –peligrosas para embarcaciones menores– en la costa norte. Miriam no se ve las manos. Oye a Fabián que le habla, y a ratos toca a Ariel, dormida hace mucho.

☙

Es mediodía. El segundo mediodía. Por la mañana se voló, finalmente, la lona; Miriam, aunque sea por sentirse protegida, no se quita ahora los lentes de sol, y en una esquina del bote Ariel se cobija del sol con la camisa de Fabián. Nadie habla.

El primer día, Fabián y Miriam —como dijo ella— se contaron de nuevo a sí mismos. Historias ya sabidas y contadas, casi siempre, a los amigos nuevos. No. Ahora, ya historias diferentes (no por eso menos sabidas) hechas menos de recuerdo que de confirmación. Como mirarse las caras: tú eres aquel que, yo soy esa quien. Ya, disculpadas de todo. Más, cada una, signo que suceso, aprendizaje que error, visión que cosa vista.

Pero ahora nadie habla. Siempre fue silente el sueño de Miriam.

എ

La sombra de un pájaro sobrevuela el bote. Para Miriam, los pájaros (el Pájaro) son los gorriones. Miriam ama su ciudad de gorriones, cuyo nombre quiere desdibujar en olvido, ausencia, risa de la memoria. Es el quinto mediodía. No... ¿el sexto? Miriam cuenta los días cuando el sol empieza a bajar, ha confundido la cuenta, parece; es difícil contar sin saber cuánto falta.

Miriam ama los gorriones —el pájaro que los sobrevuela ¿es gaviota o tiñosa?— porque no saben ser simbólicos, o porque no han sabido dotarlos de sentido. Si los sobrevuela una gaviota es signo de tierra cercana, aquí o allá. Si los sobrevuela un aura es síntoma de muerte, de tierra lejana, de sueño sin ancla; que Miriam no pueda distinguirlo es también un síntoma, que se le está muriendo la vista, que tal vez pronto no pueda reconocerse ni reconocer a Fabián en el cuerpo que equilibra el bote, ni a Ariel, para de nuevo decirle que recuerde su nombre:

—Recuerda tu nombre, Ariel, Ariel, hija de Miriam, Lidia Saavedra, San Francisco, Lidia nos puede buscar, Lidia te puede buscar, Ariel. Tu nombre es Ariel.

Miriam piensa que los gorriones han desplazado a las palomas, porque las palomas se dejaron arrebatar la inocencia; en su ciudad de gorriones, las palomas llevan en el buche perdigón de plomo, y a plomo caen sobre hombros que han de ser santificados, investidos de aprobación, hombros de niños y de líderes, mujeres, dos niños, hombres, unánime unidad; Miriam cree que las palomas perdieron la inocencia porque aprendieron el sabor de los aplausos y la música de los desfiles. No. El sueño de Miriam es silente, sin música, y los gorriones son sordos; las palomas, todas oídos, aprendieron el ritmo de una conga admonitoria e hicieron pacto con el diablo:

—Pa'lo que sea, Satán, pa'lo que sea, Satán, pa'lo que sea, Satán, pa'lo que sea...

Miriam hace gestos con las manos —Miriam se aferra a su sueño silente porque, desde que están en el bote, todas las melodías se pueden perpetuar en letanía sin fin, resonándole en la cabeza, como aquellos versos de Heredia que la acompañaron dos noches: Miriam mueve las manos, sin percatarse siquiera de su ademán de loca.

Nave de locos: ¿buscando el paraíso o huyendo del infierno? Ahora, Miriam huye de la huida, del atrás, aquí, ahora; todo lo que quiere es *luego*. Y agua.

El mar no es un espejo de agua —Miriam desearía un espejo para reconocerse a sí misma—. Pero el mar no le refleja la cara. Cuando Ariel abre los ojos, Miriam trata de buscarse en ellos, y no entiende lo que ve: no hay hombre que semeje a otro en la cara, ni mujer, pero Miriam reconoce sólo atributos de todos, rasgos, ay, unánimes: una nariz, dos ojos, boca. Trata de reconocerse en el dolor, Ese espejo tan íntimo, piensa Miriam, pero los trocitos de labio cuarteados que se arranca con los dientes le calman la sed, y también el dolor se pierde dentro suyo, sin espejo ni imagen, vacío, transparente. No. No puedo ser transparente, siente

Miriam, la transparencia es ausencia, la transparencia es olvido, se le escapa a ella, y sólo se conoce un momento cuando le pone la mano en el pecho a Fabián, y comprueba –una mínima imagen en un espejo ajeno– que todavía palpita. No olvides tu nombre, dice, No lo olvides, Ariel, y Miriam alucina, sueña, delira –Tu nombre es Ariel–, se hace transparente y piensa que tal vez, acaso, a través suyo Ariel pueda verse, y conserve su nombre y conserve, con él, la imagen de ella misma que Miriam perdió, pierde, que busca en el sueño que (piensa Miriam) Me trasciende en silencio. Porque siempre fue silente el sueño de Miriam.

Miriam, si acaso, tal vez se encuentre en su relato, donde ella es contada y cuenta, en diégesis de vidrio: el mar, abriéndose en canal, deja ver peces que agonizan sobre el fondo de piedra y de coral, de esquifes y de sombras, de huellas; el mar se abre, dos murallas de piedra, no, de piedra no, de agua; de cuando en cuando, en la superficie pétrea del agua que forma el Gran Pasillo, asoma la cabeza un pez, o sólo una aleta, una cola, o incluso –extraño– hasta un brazo.

Agua abierta, que Miriam, en su transparencia, se relata a sí misma; *Furcae Caudinae* para las tropas del Faraón, alfombra de púrpura para la Caridad del Cobre, Virgen marinera, Virgen balsera, patrona de Cuba.

El Gran Pasillo para buscar el infierno, escapar del paraíso, no; huir del infierno, buscar… Miriam es transparente y sólo relata a sí misma estas cosas, no sabe discernir; *¿sum qui sum?* No. Todo depende del relato. Naves de locos, *stultiferae naviculae*, llevadas en andas, en andamiaje de procesión, entre las murallas de agua. Carnaval: Miriam, desde su sueño, no entiende por qué tantos brazos –¿multitud?– afloran del agua, Miriam no ha visto los botes, las balsas, las falúas, la lanchita de Regla –ave, santa, santísima Virgen de Regla–, las gomas, la tramoya del carnaval, porque Miriam salió dos días antes ¿y quién iba a saber que luego…?

No: Miriam ignora el carnaval, lee tan sólo –porque su sueño es silente– los ademanes de la risa pascual, risa de locos, ejército de locos huyendo de la locura, manicomio abierto (Dinamarca es una cárcel); carnaval y risa unánime, conga contra conga, *pa'lo que sea, pa'l mar, pa'lo que sea,* y como en todas partes cuecen habas, en vez de cuarentena o inventario, Guantánamo. Lo que está soñando –¿cosa ida, evento sucedido?– parece eterno en el sueño de Miriam, pero es sólo un momento, y Miriam, sin discernir aún, recuerda: olvidar. Todo es un momento porque todo es olvidable, también el carnaval, aleteo de gorriones, de aves sin sentido, sin símbolo que las sustente. Que también es danza macabra el carnaval: uno de tres. ¿Cuántos llegan? La estadística, ¿se refiere a botes o a personas? Carnaval, conga del olvido, conga unánime; Coca Cola del Leteo, Muppets Show, *Hôpital Général, drink Coke*: y Macbeth, en medio de su tedio de sangre.

Olvidar, pero, siente Miriam –sin reconocerse ya en su percepción, matiz en el estruendo de la conga– que el recuerdo es débil y el olvido imposible… No. Miriam no le guarda rencor al patio de niños que ríe de su olvido. Los niños, santificados por palomas y líderes de buche de plomo, pueden reír del olvido porque no tienen memoria. Pero hay cosas que no se perdonan, se dice Miriam y no sabe por qué, porque es sólo transparencia, tiempo o escenario en que suceden o discurren cosas –el sueño de Miriam– que son ahora tres ángeles, tres ángeles que sobrevuelan el bote, con alas de gorrión –a Dios gracias. Tres ángeles, uno de tres, uno igual a otro igual al otro, y desde el otro, etcétera; *magnificat* de la estadística. Son ángeles que advierten de un peligro, sermonean, amonestan, señalan: el sueño –el relato– de Miriam se hace pesadilla, no hay relato sin peligro: Leviathán, bestia del mar, tiburón también en carnaval. La conga, vuelta interrogativa, no deja de ser conga: ¿pa'lo que sea, Satán, pa'lo que sea, pa'l mar, pa'lo que sea…? *Comedia est vita hominis*: Sacrifica a tu hijo, Abraham, dijo el Señor:

–Pa'lo que sea, Señor, pa'lo que sea.

Era sólo probarte, mi siervo; Miriam se estremece, ¿ya es ella acaso?, se estremece y piensa en Job, Tu techo caerá sobre tus hijos –una prueba, mi siervo, nada es imposible a partir de lo que somos hoy–: arriba, Job, resiste, aguanta, aplaude, lo que sea, Señor. Carnaval y conga, Leviathán: el vientre del pez será tu casa, *Puppenspiel Gottes* el hombre, Pinocho, Job. Pero ya Miriam, en su relato, mientras se alejan los ángeles, se pierde de nuevo, duda: ¿Visión angélica o tentación de demontre? Vade retro, Satanás. Borrón y cuenta nueva. Olvido, ausencia. Y tú, Job, empínate.

&

Tin Marín,
de dos pingüé.
¿El primero
de los tres?

&

Sólo el volumen confiere densidad a las cosas. No: ningún sueño transparente tiene fin. La transparencia es la ausencia del volumen, más que la visión a su través. En puridad, lo transparente es invisible. El recuerdo se hace de volúmenes, densidades, una imagen con un tope, un término, una linde. Una imagen transparente no es una imagen; su descripción, sólo palabras. Un rostro transparente no es un rostro. Un ataúd con el visillo cerrado es triste por que no permite reconocer, en un rostro único y distinto, la muerte. El rostro transparente de un cadáver es imposible, es multiplicar las ventanas de la caja, visión de muerte demasiado unánime. No. Por eso, en los entierros se liberan palomas, *urbi et orbi:* una imagen del alma que se eleva, un símbolo, un gasto del posesivo para justificar una imagen reposada de la muerte: sonrisa cumplida –del muerto y de los vivos– para un último adiós que precisa linde, tope, frontera, punto y final. Borrón y cuenta nueva saludable.

Casi nunca hay palomas en los camposantos. No. Sólo en día de duelo, traídas y llevadas para cierta tramoya del dolor. Los gorriones, en cambio, anidan en las tumbas, ensucian los mármoles, salen y entran del cementerio, alternan con los vivos. Nunca –piensa Ariel– se posan en los hombros de la gente, y es difícil acercárseles, siquiera. Por lo común, el ruido los espanta.

KOOLHAAS

Los que conocieron a Koolhaas –pero poco, los que lo conocimos bien lo recordamos por otras razones– lo recuerdan quizá por su imagen, la inseparable del bastón de madera y hueso con el que las manos jugaban (sostenían o blandían o lo llevaban no más, así como se lleva un paraguas). Aunque bien, lo que se dice bien, quizá sólo pueda conocerlo o recordarlo Chiara, y no creo que ella tampoco, sólo mejor o de más cerca; demasiadas ausencias o serán silencios, pasado callado. Los que lo conocimos bien, quiénes.

Koolhaas, su mano, afincaba a veces el bastón como un cetro (perpendicular a la vara, no como se sostiene un bastón que es por el mango y desde arriba, se reposa sobre él la mano si se está sentado), y como cetro se servía entonces de él –esas veces hablaba y repetía y de alguna forma también ordenaba, el cetro de Koolhaas que golpea el piso dos veces–; otros acaso lo recuerden por otras personas (ya que no razón o motivo, personas: alguien anclado a otro, no sé si los vivos al muerto o el muerto a los vivos, como un fantasma que acompaña y protege), los que solían frecuentarlo y con los que se lo veía a menudo en público, Koolhaas sentado la mayoría de las veces (un parapléjico lo está siempre, salvo cuando lo manipulan o mueven, para esas coyunturas no hay una posición definida) y en torno suyo los otros, trayéndole un vaso o poniéndole más vino o en rededor nada más, hasta que el cetro golpease par de veces el piso y hubiera un pedido –una orden–. Además, debe haber un montón de gente que lo recuerde por el apellido sin más –Koolhaas, él lo pronunciaba con pronunciación cubana y no holandesa–, o por el apellido con más, esto es, por el arquitecto famoso del libro de las tallas con el que algunos deben haber creído hablar y departir, Koolhaas se hizo pasar algunas veces por Koolhaas –el de las tallas, *S, M, L, XL*, un nombre original para un libro–, en mi presencia y en público dos o tres por lo menos (con el asombro pasmado o crédulo –hay de todo– del interlocutor, quien teme que le tomen el pelo pero se lo deja tomar porque le parecen improbables la impostura, o la pública tomadura de pelo, pensará el burlado que nadie lo haría, y se repetirá para sus adentros 'qué raro esto, qué raro, pero debe ser cierto'). Y habrá todavía otros, quién sabe quiénes, otros de los de antes, que lo recordarán sobre sus pies y en una guerra y en África, Koolhaas armado y matando, yo no lo conocí así y no lo imagino a pesar de lo que sé por Chiara, el pasado mudo y siempre entreverado, a su paso podría decirse de otro.

Qué raro Koolhaas, debió de serlo más antes del accidente y la silla de ruedas perenne, porque un inválido tiene ya de antemano algo distinto que suaviza o disculpa otras rarezas si las hay (o minusválido, es más correcto, aunque Koolhaas se reiría de este buen decir, no invalidez sino minusvalía, y sostendría desde arriba el bastón apoyando las dos manos, así se reía). Pero antes de serlo –parapléjico, él usaba el término clínico, aséptico Koolhaas, será lo mejor que también yo lo haga– debió de ser extraño a los otros niños primero, siempre llama algo la atención un niño extranjero a los que transitoriamente no lo son (pero lo serán luego, casi siempre de adultos, es tan provisional serlo o no serlo), a lo que habrá que sumar el nombre –el apellido en su caso, uno y el mismo el apellido y el nombre–, entonces y ahora con acento habanero el nombre, como se lo dirían llamándolo los otros niños cuando Koolhaas fue niño y podía acudir por su propio pie a una llamada, y correr o jugar o huir de otro como hacen los niños y haría él –siendo niño– con ellos, en el que fue su barrio un tiempo –los barrios siempre transitorios, o nos mudamos de casa o los destruye el tiempo, son más memoria o cosa suya que un sitio al que se pueda volver.

Koolhaas nunca quiso –volver–, a pesar de que en los dos últimos años sopesó la idea y pudo hacerlo, a lo mejor es que no tuvo tiempo, hubiera vuelto ya más que adulto (pero no por su pie) al sitio donde fue niño y corría, el sitio sin duda ya otro pero para su memoria seguro que el mismo, como el acento con que pronunciaba su nombre aunque no fuera en castellano y pareciera más extemporáneo aun, y más todavía si era dicho cuando se hacía pasar por el otro –Rem, el de las tallas, *small*, *medium*, *large*, *extralarge*, también Koolhaas pero arquitecto y famoso y transeúnte, cuando lo sea, caminando por su propio pie. Chiara también sopesó la vuelta, que para nosotros –aunque nacimos allí, en *esa isla* como decía Koolhaas si alguna vez venía a cuento– es menos vuelta que alguna otra cosa, y no sé bien qué sea; ansiedad de saber, me figuro, será eso. La sopesó pero no me atrevo a decir que la quiso, ¿Y si vamos?, me preguntó ella meses antes de la muerte de Koolhaas, ¿Y si vamos juntos allá? Me lo preguntó una noche que habrá sido de las primeras que pasamos juntos, cuando no vivía todavía conmigo y hacíamos el amor en hoteles y me pedía ella no moverme, Chiara sabía hacerlo rico, pedir o sugerir o aun imponer, No te muevas, déjame a mí, y comenzaba lo nuestro y yo a calar el fondo del ruego, o del pedido que de alguna forma también ordenaba, casi como el bastón de Koolhaas que de hacía poco ya no repicaba en el suelo.

¿Y si vamos? Pero no, claro que no fuimos. Tendría miedo ella como yo, mejor dejar quieto el pasado aun si es un ancla y sigue siendo o de alguna manera permanece, ya es bastante. Chiara es la hija de Koolhaas: está muerto Koolhaas pero curiosamente no debo decir Chiara era la hija de Koolhaas, o Fue su hija; sino que manda la lengua como lo dije, Es su hija. El pasado permanece, Chiara lo seguirá siendo en el mismo tiempo verbal en que diría, digo, Es ahora mi mujer —y aun debo precisar el 'ahora', hay que ver—.

A Koolhaas, otra cosa que supe por ella, la manía de la impostura (o quizá fuera broma y no haya que tomarlo a pecho por eso, otra más) le vino por la casa de Burdeos que hizo famoso al otro, una casa para un parapléjico al que hizo famoso su casa en Burdeos, y no por otra cosa sino por ser parapléjico y propietario, una fama la suya bien patrimononial o inmueble, y a Koolhaas el arquitecto célebre a su vez la solución —un suelo móvil, sección transversal creo que lo llaman— que pensó y diseñó y realizó para el caso: el hombre minusválido y propietario podría cambiar de habitación y de ambiente con sólo mover el suelo, un ascensor gigante la casa, la idea es sencilla pero a quién se le hubiera ocurrido antes que hubiera podido, también, llevarla a cabo.

Koolhaas, el de las tallas, sí lo hizo: tuvo la idea y levantó la casa y se inventó la sección transversal, si no el primero parcial sí el primero en el conjunto, en pensar y hacer y ahí está, héla aquí o aquí la tienen, la casa. Y además —el además no es de balde, eso cuenta— le dio nombre, y uno pegajoso y con éxito.

La casa, mas no la invalidez, Koolhaas el arquitecto; y la casa, mas no el oficio ni el haberla hecho, el propietario de fama inmueble. Koolhaas, cuando mentía ser el otro que hizo la casa, se alegraría de juntar todos los atributos en uno, la paraplejia y el oficio, habrán pensado algunos que la invalidez y el oficio y también —¿por qué no?— la casa de Burdeos, todo y uno y en él lo que en los otros es parte y distinto, también el nombre oportuno, y por eso casual y coincidencia y en cambio en su mentira ya no, sino más bien necesario o global o natural, como el bastón que cae y cuando lo hace amonesta u otro gesto cualquiera. También, pero menos visible a ojos de quienes no lo conocieran, o poco, estaría el pasado que suele ser volátil pero en su cuerpo se quedó anclado o más bien como un ancla, el antes de aquel Koolhaas armado que no conocí y la bala (o la esquirla) en la espalda, alguien habrá corrido a su lado y lo habrá movido –una coyuntura sin posición definida– entonces por primera vez como un bulto, no conozco esa tierra de África que imagino de barro, un lodazal cuando a lo mejor es polvo.

Pero no sé –aquí no me figuro o imagino, por mucho que se conozca a alguien sigue siempre en cierto sentido ajeno, tan inescrutables los otros– qué habrá podido prever Koolhaas de su propia muerte, está aún tan fresca su muerte y si lo conocía bien como creo habrá fantaseado seguro con ella y con la con-fusión previsible de otros, él sería ahora el muerto como hasta entonces él el inválido y el otro arquitecto y en salud, y aun el tercero propietario, ya es menos probable que confundieran a dos personas distintas por el nombre común, a quién le habrá importado realmente que ahora Koolhaas no esté. Estaría Kool-haas fantaseando esa muerte, la suya, mientras lo ignorábamos todos nosotros como tan a menudo se ignora, y no veíamos más allá del gesto con el bastón que dispone y ordena, o de las manías más o menos consentidas de siempre, señalar a gente con el bastón como si fuera un puntero en público, nada más que esas cosas pueriles a la vista nuestra y también para quienes lo hayan conocido menos y confundido con el otro, el Koolhaas arquitecto y transeúnte (ahora ya más distintos, Koolhaas muerto no provocará confusión ni mentirá identidades, no la tienen los muertos), o aun más para ellos, los que lo recordarán por lo que les llamó en su momento la atención, el apellido y el bastón como un cetro, cuando se conoce a alguien no se piensa en su muerte.

Pero sí pensaría él en ella (o en ello, en morirse, matarse) y quizá más en los últimos días, quiero decir, sobre todo fabularía sus últimos días –los días en que fabulaba los mismos días fabulados, ese tiempo último la fábula y su circunstancia– desde el momento que tomó la decisión, o aun antes, las cosas no se deciden de golpe sino que se van esbozando de a pocos, y las más de las veces no llegan a nada de hecho. Quién no habrá fantaseado algún día Y si ahora me mato (*ahora*, cuando quiere decir después del amor y porque se es feliz, y mejor dejarlo así, que no durará; o *ahora*, el otro ahora de en medio de la pena o el hartazgo o el dolor, cuando se dice No puedo más, o Basta ya, y pareciera ahí tan fácil; o sin que sea suicidio cabal cuando se sabe uno en peligro, y a pesar de ello acude a una guerra o a una trampa tendida por un enemigo o a un edificio en llamas, habrá quienes de oficio piensen en ello a menudo –o no, la frecuencia profesional invalidará la imaginación, ya mermada en rutina).

Koolhaas sí debió pensar en ello entonces, hace tantos años que sería otro él (entonces no fueron los últimos ni hubo muerte de hecho, cuando se fabula la víspera no sabe nadie si llegará o si no, o se postergue; sí es cosa segura que siempre al fin llega, la única en esto segura, si no es ahora será luego, ya será por mano de otro o de uno o, como casi todo el mundo muere, por mano de nadie): lo habrá pensado cuando fue a su guerra o sabía que podía ir como en efecto pasó, se habrá imaginado muerto o muriendo y quién sabe cómo entendería entonces su muerte presunta, no conozco al Koolhaas de veintipocos años o quizá menos, diecio-cho por lo regular bastan para ir a matar o que te maten, creo que allá dieciséis, y ya este Koolhaas mío sin remedio es otro. Si algún gesto permanece, sin embargo, o algunos, habrá sido el suyo seguro uno indiferente o camuflado de indiferencia, algo como Si hay que ir se va y si me toca tocó, o de hastío: Venga ya, sí, qué más da –como quien se dijera Arriba y se diera ánimos, De una vez por todas mejor.

Pero no lo sé. Estas cosas las pensaría Koolhaas en aquel barrio al que no volvió (pero debe haber sopesado la idea, me figuro que la meditaría o la tendría lo menos en mente, el barrio por el que corría de niño y por donde habrá enamorado o se habrá dejado enamorar de aquella mujer de la que habló pocas veces, era también médico ella o estudiaba entonces para serlo, la madre de Chiara; eso lo sé porque una vez comentó que por eso lo entusiasmaban las batas blancas, siempre que venía al hospital las enfermeras le consentían sus pequeñas perversiones, un tipo con éxito Koolhaas, cómo saber si lo tendré también yo). Aunque no sé tampoco si el gesto, de ser como lo pienso (Si hay que ir pues se va, y si me toca tocó), sería hacia ella de despecho –una separación quizá, un reproche, como decir Mira lo que hago por tu culpa, lo que me llevas a hacer– o quizá de amor –Mira lo que hago por ti, por ti cualquier cosa–. O si no sería hacia ella, pudiera, el de los veintipocos o quizá dieciocho no sería el Koolhaas que yo conocí, y quizá lo habrá creído su deber (creería el Koolhaas de entonces en deberes históricos) y habrá asentido con orgullo, Mírame, mira lo que hago por el mundo, mirad cómo voy a luchar por otros hermanos, a matar o que me maten; Mirénme, y sobre todo: Mírame tú. Da lo mismo, porque sea el gesto que fuere la decisión hubiera sido otra –y aun siendo la misma, habría sido otra, hubiera sido la misma pero distinta– de haber sabido ella y Koolhaas que ya estaba Chiara (aun sin nombre) creciéndole a ella allá dentro del vientre; otra la decisión, eso seguro, por mucho que fueran sólo en ciernes la paternidad y su existencia y el nombre, y habría sido todo por consiguiente diferente, o quizá no los hechos mismos pero sí, en cualquier caso, distintos su fondo y el ánimo. Pero qué se le va a hacer, si sólo hay una vida o historia o escenario, lo otro es desvariar; no hay más destino que uno, el unívoco, y lo que no se supo o se hizo sin saber a ciencia cierta lo que había no cambia el curso de las cosas, llevará una a la otra aunque la primera hubiera sido la que no fue, o no hubiera sido de haber sabido o haberlo pensado mejor, si lo sabré bien yo, en lo hecho no hay vuelta, peor sería no hacer nada. De todo eso nunca hablaba, Koolhaas, y lo poco que sé lo sé por Chiara, que casi no recuerda a su madre.

A Koolhaas, al Koolhaas de entonces quiero decir y ya desde siempre su padre, no tendría por qué recordarlo Chiara o aún no, o menos, nadie tiene memoria de sus primeros dos o tres años a no ser de alguna cosa puntual (casi de seguro ficticia y posterior, un recuerdo o un comentario ajeno, y apropiados luego), y Koolhaas era ya para entonces un desertor –había sido un héroe– y estaba en Londres, mal podría acordarse Chiara de aquellos sábados en que su madre le acercaría el teléfono para que balbuceara –si ya balbuceaba– alguna cosa a la voz que del otro lado del hilo hablaría sin decir nada –no se dice nada en verdad a los niños, se les impone o acostumbra a esas edades a una voz o un timbre o se les comunica afecto, lo que es decir no se dice ninguna cosa. La voz no la acompañaría tampoco en sueños que pudiera recordar luego o contar, ni tendría presente la hora en el día convenido – los sábados, a la tarde de allá que para Koolhaas sería noche– ni ningún otro detalle, es condición de la infancia tan temprana no tener presente o en mente nada, y sólo transcurrir –no se decide ni se cuenta luego y son otros los que deciden por uno y miden su bien y su mal, las comidas y el sueño, qué convenga y qué no– y dejar que las cosas estén o corran solas su curso, se lo corrige a veces si se puede, pero no siempre se puede, ni entonces ni luego.

De la madre, como dice ella misma, Mi madre, Chiara recuerda tan sólo el día aquel de la turba frente a su casa. Recuerda (pero es sólo una imagen) la perra que tuvo y que ese día la turba mató; se iban, y la turba que de vez en cuando como en todas partes vocifera y grita aquella tarde lo gritaba, eso mismo, Se van, Que se vayan, tan rítmica la turba pero es su papel y a todos toca el suyo, y a Chiara, que ya por el nombre distinta o extraña, le tocó el de convivir en el colegio de aquel barrio de allá con niños que la señalaban como la que se va y se reían, Se va que se vaya, no se olvidan esos días ni perdonan y eso recuerda, hasta la otra tarde en que la madre –era médico ella si llegó a serlo, esa mujer por la que Koolhaas fue a matar o a que lo mataran, nunca se sabe la víspera– habló con su abuela holandesa en Londres y luego fue donde ella y le dijo quererla, de eso Chiara se acuerda, y ya luego no más, porque ya luego la madre no estaba y era niña Chiara y aún a pesar de serlo (nadie sostiene su vida de la temprana infancia, o no debiera, no se decide por sí mismo y a uno lo llevan y traen como un bulto, y lo exponen sólo eventual y selectivamente al mundo) recuerda, no era ya para entonces tan niña además y hay lo que no se olvida ni disculpa y asusta, el temor sordo, la prueba del agua, y ya los niños sin risa y pasando en silencio a su lado, las madres como Chiara decía son una institución allá de respeto, aquellos lares que tienen sus reglas a las que ella y yo ahora tememos, ¿Y si vamos?, la pregunta misma modulada en temores; por supuesto que no fuimos, sigue pesando después de tanto tiempo el miedo, será de aquellas reglas o de no entenderlas, o la sospecha de que no haya ninguna.

Tampoco la hay o no la encuentro a mano en esa muerte, cuesta pensar que quien ha poco ha traído la vida (Chiara tenía cuatro años entonces, en el año ochenta del siglo pasado ya no tan temprana su infancia, tendría en mente los sábados) se quite la suya, pero no conozco a aquella mujer por la que Koolhaas habrá ido a la guerra –Mira lo que hago por ti, por ti cualquier cosa–, casi siempre permanecen ajenos los otros y en sombra. La suya para mí se quedará bajo otra sombra prestada y arbitraria, por entero casual, porque la primera vez que Chiara me habló de su madre desconocida y suicida fue por un comentario mío, es muy fácil ser torpe cuando no se conoce el pasado del otro. Estábamos en Segovia, nuestro primer viaje juntos, la primera habitación donde volver de la calle a una cama común, aun ajena;

había una exposición de Modigliani en la ciudad, que nos gusta a los dos —Modigliani; la ciudad menos, pero yo tenía un congreso de dos días que habíamos decidido convertir en una semana juntos—, y claro, pasamos a verla, hay poco que hacer en Segovia salvo recorrer la ciudad vieja y fotografiar como todos el alcázar y el acueducto romano. De Modigliani la verdad no había mucho, seis o siete lienzos, dibujos; abundaban, sobre todo, las cartas y partidas de defunción y bautismo, papelería biográfica de índole diversa, fotos, cosas por el estilo. Había fotos de Jeanne Hébuterne, la que fue su mujer, y algún cuadro suyo también, que nos gustó a los dos. Jeanne estaba embarazada de varios meses cuando murió Modigliani, a punto casi de salir de cuentas; tenían además una hija pequeña, no recuerdo ahora el nombre y qué más da, pocos años. Así que pensaría en futuro Jeanne entonces por partida doble aun sin quererlo, madre a la vez reciente y en ciernes, pero cuando murió Modigliani se lanzó ella a la calle desde la ventana del mismo piso que habían compartido los dos, y aún tuvo tiempo para garabatear una nota apresurada y de adiós, ya no más, matarse corta de una vez por todas el tiempo —no lo tuvo sin embargo para dudar, o no lo habría hecho, sospecho. Cómo habrá podido hacer lo que hizo, o Qué tendría entonces en mente, algo así debo haberle seguro comentado a Chiara en Segovia, sin querer haciendo de mi comentario pregunta, hilo para tirar del pasado. Fue allí, cuando salíamos del Torreón de Lozoya, que me habló por primera vez de su madre, o más bien, del *accidente*. Lo que me preguntaste, me dijo —había sido para ella pregunta—, y entonces me contó. Una sombra tan desconocida como para mí su sombra prestada, la de la pobre Jeanne, qué arbitrarios los prestamos o los puentes tendidos entre cosas ajenas, la que fue mujer de Koolhaas y madre de su hija, aunque siga siendo Chiara en presente su hija aun ya muertos los dos. Es su hija, manda la lengua decirlo como he dicho en presente y sin embargo reserva el pasado para los que no están ya –aunque sigan siendo sin remedio padres–, Era, fue su madre –como si lo hubiera sido por un tiempo o un lapso puntual, también su presencia una sombra prestada, y mentira.

Era médico aquella mujer desconocida como lo soy yo, así que sabría bien del funcionamiento del cuerpo, lo que separa el aliento del frío, técnicamente le habrá sido fácil; pero qué pasaría por su cabeza cuando hizo lo que hizo, y no sólo la habitó la idea sino que la llevó a cabo, ya no más idea, ella no más. Por qué no habrá pensado en Chiara, o más bien, por qué no en un futuro con ella o tan sólo en su hija en futuro, es así como se piensa en los hijos, supongo –no he tenido yo, y ya no creo que vaya a tenerlos–, siempre un proyecto hacia adelante, un tirón lo bastante fuerte como para hacer que se aferren al mundo del futuro aun aquellos sobre los que gravita demasiado el pasado o duele el presente, para que no abandonen (Todo pasará, aun yo pasaré, pero todavía no en mi hijo) ni se rindan o se dejen llevar por lo que resulta más fácil si se miran en su sitio, desde el ahora, las cosas (*ahora*, después del amor y porque se es feliz, y mejor dejarlo así, que no durará; o *ahora*, en medio de la pena o el hartazgo o el dolor, cuando se dice No puedo más, o Basta ya, y pareciera tan fácil, la tentación tan aérea); o aun cuando el pasado las filtra y las distorsiona o alumbra, depende, y todo futuro o minuto pendiente no es sino su sombra alargada, la repetición o demora de una agonía ya sabida, tan grave tentación de cortarla, de cortar por lo sano, si queda; pero no serían esas las furias de la madre de Chiara, por ser madre –aun sin quererlo pensaría ella en futuro, en los años por cumplir su hija para hacerse adulta, bastante disculpa–. O serían acaso esas mismas sus nieblas pero pesarían demasiado, tanto como para nublarle la vista a todo minuto siguiente, a lo porvenir y lo en ciernes –como el buzo que siente posible la respiración natural y a la escafandra sobrante o estorbo, de antemano conato de asfixia, y respira el agua–, y tanto como para ser ceguera y furia, ya no más, ya no puedo ni quiero, el futuro que aun sin quererlo vislumbro de antemano me duele, ya no si ahora además de pensarlo lo llevo a cabo, o a efecto la idea, y no será más idea, no estaré, o quizá sea en presente —no estoy ya—, peor sería no hacer nada.

No sé yo si lo haya mirado así Chiara al pensar en su madre que no recuerda o no casi, aun queriéndose son en parte siempre inescrutables las almas ajenas, ni si el *accidente*, como lo llamaron a su alrededor por bastante tiempo y por distintas razones allá primero y luego ya en Londres, con su abuela holandesa que querría ahorrarle pesares a la nieta que recién conocía, fue para ella horror o haya sido vacío, paulatino y después de aquel día de la turba todo poco a poco vuelto vacío —demasiado: pero casi nunca se quitan la vida los niños, aun si son tremendas las nieblas no llegan a ceguera y furia, se guardan y callan y son luego pasado— o vuelto horror todo, ceguera y furia y dolor que no llegan a niebla de nítidas, de punzante su torbellino como en la peor pesadilla, aquella donde siempre lo peor está por llegar, siempre lo horrible y sangrante ya en víspera —demasiado—. Las pocas veces que hemos hablado de aquel tiempo Chiara ha sido informativa, la voz más contenida y despacio —más pausas—, se cuida supongo sin saberlo, comenta o coteja datos, como quien hablara de una persona distinta (tan inescrutables los otros que serlo por un momento —otro— nos protege, para ella especular o hacer cábalas sobre qué sentiría entonces será siempre mejor que sentirlo como filo en la carne, mejor que ver las luces —tan vívidas, tanto de relumbre y resplandor— del sueño y el delirio, demasiado).

Tampoco del accidente, como lo llamaba él mismo —del suyo; el término clínico, aséptico siempre—, hablaba a menudo Koolhaas, pero sí algo, y además, hemos visto cien veces la radiografía donde aparecen el hueso y la bala y medido otras cien el movimiento —milímetro a milímetro o un año tras otro, da igual— que presionaba la médula y lo tenía mejor, o peor (ya no presionará nada el plomo ni estará preso en la carne, estará libre entre las cenizas o se habrá fundido en parte o del todo, y habrá quedado en el horno, una manchita imperceptible de metal deshecho, unido ahora a qué, algo muerto y su fin tan pospuesto cumplido, también Koolhaas ceniza).

Chiara y yo mirábamos la radiografía (y Koolhaas esperaría afuera, sentado en la sala con el bastón en la mano) buscando en la placa el plomo de marras: más cerca o más lejos, increíble que un milímetro o dos determinen estar bien o peor. Me gustaba ya la hija de mi paciente, creo, o habré comenzado a mirarla con otros ojos con la radiografía ante los suyos, estas cosas unen. Koolhaas debió presentir esas veces la mala o buena nueva, según, pues rumiaba luego alguna cosa en alguna de sus lenguas, como quien conjura –si me toca tocó, si ha de ser que sea ya–. Una de aquellas veces fue que dijo lo de la caricia del agua, No hay que dejarse acariciar por el agua, eso dijo, y me contó en primera persona algo que hace poco leí en un libro que había sido suyo. Ni siquiera una historia, más bien –en su relato y el libro– una frase o un dato. El entrenamiento de guerra del Koolhaas adolescente o pasado incluyó buceo y su instructor había sido buzo de profundidad, en la Marina rusa. Aquel instructor también habrá explicado una frase, que sería parecida o igual, o podría quizá figurar en el programa aquella advertencia, aunque no creo, o le gustaría al ruso hablar de sí mismo, amenizar la lección. Cuando uno se sumerge a profundo, me dijo Koolhaas aquel día como le habrán dicho a él en ruso, *kogdá vplyvaiesh glubokó*, y sobre todo si se ha hecho con demasiada frecuencia o se lleva mucho tiempo debajo, se llega a sentir que es posible la respiración natural y que la escafandra sobra o estorba, que comienza a asfixiarte. A sentirlo, insistió, no una sospecha ni hipótesis sino una sensación con vigor de verdad, algo cierto –dicen– como un dolor o el placer. No hay sospecha previa, se siente; entonces el buzo (a no ser que esté prevenido y sepa resistir evidencias, permanecer de algún modo en la víspera) se quita la escafandra y se ahoga, el buzo que ya es o será pronto el ahogado respira el agua.

Ya por entonces salíamos, Chiara y yo, si puede llamarse salida a caminar juntos, los dos por su pie, conversando de Koolhaas —siempre tan duple: mi paciente y su padre— y a tomar luego un café por La Gare, que nos quedaba cerca a los dos. Ella no había querido mudarse con Koolhaas y alquilaba un estudio, su *habitación propia*, que resultó ser muy parecido al mío, casi un calco el uno del otro (tanto que nos daba risa, ambos con butacas idénticas que habíamos comprado, descubrimos luego, en el mismo sitio y más o menos por la misma época). A Chiara le extrañó, me acuerdo bien, que no le hubiera oído antes a Koolhaas la frase, pero no se la escuché de nuevo ni tampoco lo oí mencionar aquel tiempo otra vez, estaría él más locuaz que de costumbre ese día o yo de suerte. Por lo general Koolhaas evitaba el tema: No sé a qué vienen, decía, ahora esa isla y aquel tiempo, y luego ordenaba, A otra cosa. Vinieron para nosotros a cuento ya mucho después, creo que la primera vez aquella de Segovia y de Jeanne Hébuterne, un café muy demorado en la plaza del torreón de Lozoya, como si el primer viaje juntos y la primera cama común adonde volver de la calle mezclaran también en presente el pasado, y luego fueron solas urdiéndose, así como se mezclan —me figuro— las aguas o la tierra bajo los cimientos de una misma parcela, el pasado tira como tira la tierra; quizá más que ningún otro el de Koolhaas, su cuerpo mismo el pasado con una esquirla (o una bala) pretérita que presionaba la médula por si quisiera olvidarlo, por si le daba aunque fuera un instante por hacer como si hubiera sido todo distinto, por olvidar o borrarlo, Aquí no ha pasado nada, señores: ahí estaba, admonitoria siempre, invisible, con él. Ya la llevaba consigo cuando se reunió Chiara con él en Londres, pero entonces no miraría ella —cinco años en el otoño del ochenta y uno, una niña grande para conocer a su padre, reconocería la voz del teléfono– las radiografías como ahora conmigo, y sería seguro la madre de Koolhaas quien llevaría el peso de todo –una nieta, un inválido con mejorías milagrosas, los brazos, las manos, y recaídas casi siempre–; y sería acaso (pero cómo saberlo) ya Koolhaas este mismo que yo he conocido y tratado, o iría siéndolo, todavía tan recientes el accidente y la guerra de África, y todavía más la muerte de esa mujer de quien se enamoró y por quien haya ido acaso a su guerra, no se reiría quizá como ahora o tendría otro tono su risa, de haberla, o le habrá traído las risas la hija que sólo alcanzó a conocer –quince días en La Habana, cuando era un héroe– cuando tenía algo así como un año ella, porque antes –y luego, ya él en Londres– habían sido sólo las fotos: nada más imágenes, como aquella que le había llegado hasta Huambo de cuando su hija que lo seguirá siendo en presente tenía menos de un mes, y él era un soldado y padre remoto, y que se perdió con él, solía llevarla en el bolsillo del uniforme, aquel día de las balas y el fango, del *accidente*. Luego de soldado Koolhaas había sido héroe –la guerra, cayó Koolhaas matando aquel día– y luego de héroe por fin desertor, y de nuevo remoto, cuando movió cielo y tierra su madre (hay esperanzas, habrán dicho otros médicos) para operarlo en Londres y ya no pudo volver o no quiso, si lo conozco bien y no me equivoco sentiría que qué sino una carga tendría para darle a esa mujer que era como yo médico, o que estudiaba para serlo, y más joven que él, que no tenía aún veinticuatro: Si me toca tocó, si ha de ser que sea ya, le habrá dicho o pensado decirle, Tú tienes derecho a una vida, y mentido por teléfono alguna otra cosa, se sustituyen a veces por otras equivalentes o de menos filo las palabras cuando toca de hecho decirlas, no sé yo, ni Chiara tampoco, qué habrá dicho en verdad entonces Koolhaas –porque estaba Chiara, además, para hacerlo todo más difícil, su presencia que continuó por cuatro años en fotos–, y me cuesta imaginarlo, quizá no fuera él todavía el Koolhaas que yo conocí, y haya llorado o haya sido frío, glacial, no lo sé. O quizá nadie lo haya conocido bien, ni ahora ni entonces, y no tenga nadie tampoco derecho a imaginar qué haya pasado por su cabeza nunca, ni antes ni hace poco, antes de morir o matarse. Quién sabe si entonces en vez de ahorrarle a ella una carga se estaría ahorrando él mismo humillaciones, hay un egoísmo del cuerpo que puede con uno, la carne manda, o huyendo de qué (la de un cuerpo joven y elástico a su lado pero para siempre ajeno, o marchito o de otros, y la del suyo inútil, de la incomodidad de una abnegación gris o la lástima). Sea lo que haya dicho Koolhaas lo dijo, tomó la decisión, si cabe decir que él la haya tomado, de no volver, que no hubiera vuelta, no estar —en presente seguro, No estoy ya—. Pero no debe haber pensado, no creo lo menos, que eso lo haría a él allá lejos, en aquel sitio donde buscaba la ausencia, un *desertor*; ni que la hacía a ella la mujer de un desertor, palabra esa de las que empapan en torno, y a Chiara la hija de, ni que vendría con esa condición a un tiempo ineludible y extraña —la de un ausente, a fin de cuentas— la de otros, por entonces los lejanos y allí. Chiara no tiene memoria de aquellos años, mejor, y habrá sido por boca de Koolhaas que supo —si no es que reconstruye y ata cabos, lo hacemos siempre que gravita el pasado para que no lo cubra todo su niebla— que la madre intentó entonces salir, reunirse en Londres con quien podría ahora a cambio —ya no una carga, ya ves— sacarla de allí, reunirse los tres. No pudo: la madre de Chiara era médico —o estudiaba para serlo—, así que tendría que revertir sobre todos su condición de médico, una deuda difícil de saldar porque haber intentado reunirse con un desertor le había costado no poder ejercer como médico, son incomprensibles las cosas en los sitios sin regla o eran —lo serán todavía, sigue pesando después de tanto tiempo el miedo, será de aquellas reglas o de no entenderlas, o la sospecha de que no haya ninguna— así de extraños sus fueros.

O sin más, así porque sí y así las cosas, son siempre ulteriores o retrospectivas las reglas.

Las nuestras, si lo son –las que haya entre Chiara y yo– tampoco son claras, quizá vayan siéndolo sólo ahora, pero no lo fueron de antes; antes de ser regla, niebla. Menos que su estipulada condición, su lectura: frases o un gesto, un mohín de desamparo que se interpreta y que sella en silencio las cosas en torno, cómo saber si en verdad entendamos los gestos de otro (aunque todo el tiempo se haga, leer los gestos y sellar su sentido). Más nada que eso. Se hace hablar a los gestos como a síntomas de un paciente, y su discurso se interrumpe –no es la marea del que habla, más bien la inscripción de lo escrito–, se interrumpe y se fija: una vez hecho letra podrá variar su sentido, mas no la frase, que ya está dicha y escrita, ya quieta. Así habré ido yo haciendo con Koolhaas y también Koolhaas, mi paciente y su padre, conmigo; verificar o sancionar en los gestos las frases, las cláusulas del otro, figurarlo a él mismo. A veces me he preguntado si también al revés, cuánto importaría yo para Koolhaas, son unidireccionales sin quererlo la atención y esas otras cosas, los síntomas; sin ir más lejos, como el médico que escruta siempre –pero no viceversa– al paciente, también su padre aquí.

Pero ninguno sospechó lo de Koolhaas –el fin sin calma, quiero decir: el otro se sabe de todos y más podría preverse en su caso, de un grupo de riesgo que se dice a fin de cuentas Koolhaas y para colmo con esa bala (o esquirla) alojada en la espalda–; o quizá como ningún otro en calma, pero quería significar impaciente, adelantado a su hora, si no había de ser esa. Lo fue. Tampoco Chiara anticipó nada: o fuimos en verdad ciegos, demasiado ocupados en leer y asentar nuestras propias reglas, o no hubo en él síntoma ninguno, ni aviso, nada. Koolhaas seguía como siempre: hablaba y dejaba caer el bastón como siempre, mentía ser a veces el otro –el otro Koolhaas, el del libro de las tallas, *S, M, L, XL,* arquitecto y en salud transeúnte– como sabía yo que solía, y alrededor suyo giraban los de siempre, su pléyade –así decía él– y el ingenuo de turno, y no podrá nadie atisbar –ni tendría ninguno en verdad derecho– qué haya pasado por su cabeza antes de matarse y adelantarla así, a su hora, al hacerla ya sin remedio ni vuelta la suya esa, aunque no lo hubiera sido en otra historia –otra donde no hubiera habido bala o accidente o quizá ni siquiera Chiara, ni Koolhaas, un sinsentido si se mira de aquí; sólo hay una, una vida o historia o escenario, lo otro es desvariar. Si ha de pasar que sea ya, así se habrá dicho Koolhaas, Si toca que sea a mi hora, adelantaría farfullándolo las manecillas con su mohín habitual de desgano, como quien en vez de pedir ordena –una orden, su hora anticipada que después de ocurrida será ya sin duda y para siempre la suya, la que estuvo escrita.

No sé si Koolhaas haya sabido que pensaría yo en las horas y lo escrito –lo previo, lo predeterminado y de antemano sin vuelta– a raíz de su muerte, ni si haya atendido lo bastante –le gustaba mover los hilos de lejos, también tenía tiempo– a lo que pasaba entre Chiara y yo; no sé si sabría, y no sé por qué pero me gustaría saberlo, aunque ya sea imposible. Ahora, ahora mismo que ya todo está hecho, y lo miro desde el presente y por eso queda a mi vista ordenado, me parece que no. Ahora no lo creo. Pero estuve convencido que sí, o casi convencido, hasta hace muy poco, seguro de que además de adelantar o fijar su hora también querría decir algo Koolhaas, un sentido que sólo sabría fijar yo –casi un guiño–, cuando hizo lo que hizo, algo como si dijera lo que he dicho ya antes, Sólo hay una vida o historia o escenario, lo otro es desvariar, o aun mejor: Sólo hay una hora, tocará lo que toque cuando deba ser, y sólo ello será lo que estaba escrito –y nada más, todo lo demás desvarío o ficción, no hay más destino que uno, el unívoco. No podría –no creo– Koolhaas haber previsto detalles (como por caso los más íntimos, míos y de Chiara en la cama, cuando me pedía ella no moverme, No te muevas, quédate así, o cuando ya no hacía falta decirlo, ella encima y yo quieto, se aprenden rápido las reglas y de algún modo se las sella y quedan). Ni podría, tampoco, haber sospechado por otro lado algún móvil que diría él escabroso, con sorna y poniendo en el acento comillas, si hubiera sido sospecha, en lo que hubiera entre su hija y yo, o él y su hija, no tendría por qué figurarse ese –o escabroso, con sorna– improbable triángulo; ni menos, me percato ahora pero no me percaté entonces, tendría por qué advertirnos nada su muerte sobre, así decía cuando lo hacíamos recalar en pasados, aquella isla o aquel tiempo, los pasados que entre sí se llaman y urden: No sé a qué vienen, decía Koolhaas, ahora esa isla y aquel tiempo, y luego ordenaba, A otra cosa.

Nunca supo tampoco que manejamos la idea alguna vez, Y si vamos, de volver allí o más bien de ir –tan poco tiempo estuvimos allí que para nosotros no sería vuelta, creo, no hacen presencia los años infantiles ni sostiene nadie de sus primeros años su vida, no verá su unívoco destino ya escrito en lo que no hizo o no decidió, es esa casi siempre la condición de la infancia, de la temprana al menos, cuando otros nos llevan y traen y cuidan o exponen selectivamente al mundo, pero nunca sin embargo por uno mismo se hace nada, ni salir ni decidir ni ver o no ver a alguien, ni hay rencor. En cambio sí habrá tenido Koolhaas aunque fuera una vez la idea, o más de una vez si ya no tenía nada que perder porque había decidido de antemano su hora, de volver a pisar aquel barrio al que no volvió y donde corría de niño y por donde habrá besado muchas veces a la madre de Chiara –ya entonces decidiendo, Si ha de ser que sea ya, y queriendo verla y exponerse a ella, todo por sí mismo ya adulto, aun adolescente o muy joven pero ya no un niño y por eso el pasado por entero suyo–, y donde vivió y fue su casa, siquiera un tiempo –los barrios siempre transitorios, o nos mudamos de casa o los diluyen los años, son más recuerdo o cosa suya que un sitio adonde se pueda volver. Y quizá, me pasó por la cabeza entonces, habría en su anticipada muerte algo como advertencia o aviso, pero cómo podría saber él que Chiara —ella no le contó, ni yo— hubiera querido volver allí, aún a veces planea Chiara un viaje de una semana o dos, pero no creo que lo haga ya, o no lo menos conmigo, a mí los viajes no me serán fáciles ahora y no creo que a ella le importe mucho prescindir de esa vuelta, a fin de cuentas de más prescindió por su propio pie y aquí me tiene, en este país tan pequeño y casi ficticio con ella, viviendo con ella a sabiendas los dos de que a estas alturas es casi imposible que haya para mí otro sitio o un futuro demasiado distinto al de ahora.

Y qué más da. Ahora todo eso me parece ridículo o de sobra, quiero decir el presunto guiño o aviso, habrá hecho lo que hizo Koolhaas por sí mismo y no por más nadie, adelantaba o sellaba su hora, sólo la suya, por más que lo haya querido cualquiera de más nadie esa hora y suya sólo, es intransferible la muerte del todo y es lo que es, no mensaje ni signo, ni un síntoma. También yo, si quisiera, podría haber visto en aquellas noches de hotel anticipación y aviso —No te muevas, déjame a mí—, o aun algún ruego escondido o abismado, de los que sólo se enuncian en alguna paráfrasis y en connivencia, cuando se sabe que el otro intuye o sabe también o prevé, pero no tanto como para decir y fijar así sin vuelta en lo dicho, y quien habla si habla se cuida: Haz lo que tengas que hacer, dirá y sobreentiende, o quizá diga Tú sabrás, nunca lo que en verdad nombre y explicite o señale, nunca Quiero esto, o aquello. Pero prefiero o me sienta mejor creer que sólo por uno mismo se hacen las cosas, pasada la infancia temprana y primera, y que se ve o no a alguien o se tienen rencores y se apresuran las horas —después de apresurada cualquier hora la hora cabal, la de antemano unívoca y escrita— por propia querencia y ganancia y provecho, aun quien se sacrifica por otro o cree hacerlo, y lo echa en cara luego, lo hace en verdad por sí mismo —Soy un héroe y te salvo, ya no un cobarde, o Soy quien ha hecho por ti esto, míralo, mírenme (mírame tú); y de hecho es por sí mismo que se sobreactúa, y que se deja que sobreentienda el otro: Aun ir a matar o a que me maten, por ti cualquier cosa. O quizá quien lo hace crea en deberes profundos o históricos, cómo saber lo que los otros crean o hayan creído alguna vez y los haya dispuesto: sobre la cubierta de aquel barco que cruzaba el Atlántico acaso el soldado Koolhaas miraría atrás —adonde Chiara, que aun no existía, y su madre y una vida con ella— y atisbaría adelante, al futuro (pero no vería el *accidente*, ni el suyo ni luego el de ella), y pensaría Estoy haciendo lo que debo y quiero hacer lo que hago, y lo rumiaría en secreto, Si ha de ser que sea ya. O no, rumiaría lo mismo pero se sentiría como un niño, En dónde me he metido, qué hago, nadie me cuida ni se ocupa y me exponen demasiado y no selectivamente al mundo, quizá lo mismo que pensó o sintió la niña Chiara el día aquel de la patriótica turba en su casa destrozándolo todo, sin que nadie pudiera hacer nada por ella ni por la perra Nanni ni por sí misma su madre —expuesta a su vez entre risas por otros y con un letrero al cuello, Soy escoria, y a la espalda, Soy una puta, semidesnuda y a rastras—. O sólo habrá pensado: Tengo miedo, y ahora qué. O las dos cosas, y se diría Koolhaas adulto Hago lo que debo y el otro Koolhaas se diría Qué hago, lo que está escrito es unívoco pero la víspera es siempre bifronte y doble lo menos, Sí y no, quiero y no quiero, hago bien y hago mal, peor siempre sería no hacer nada.

No era no hacer nada lo que Chiara me pedía en aquellas primeras noches de hotel —y luego en Segovia, y aun luego—: Déjame a mí, no te muevas; no hagas ni digas ni toques, estáte quieto, cállate, y en el fondo del ruego: Hazlo por mí, hazlo por ti, por ti cualquier cosa. Era, por contra, hacer y decidir y querer, aunque Chiara no miraría entonces (ni yo) atrás ni adelante, en esas noches se mira sólo a la noche misma y al otro que para uno es nuevo y un descubrimiento, un azar o una suerte –según– o aun si es ejercicio o rutina se examina y mide, se miden y atienden las palabras y los gestos y el cuerpo y al otro sin volver la cabeza y sólo en presente, lo que pasa, qué está pasando y tengo en mente, qué ocurre. Es fácil o se sabe cómo dilatar la partida y la noche, una costumbre, o no pensar ni mirar más allá o más acá de su hecho, o de lo que esté entonces teniendo lugar –el descubrimiento–, presente sin más por una vez el presente, aunque esa vez y condición duren poco, como en la memoria la temprana infancia. Luego enseguida se escruta y evalúa y se repasa el hecho, se miden algunos parámetros y se buscan los síntomas, paciente el otro y también uno –qué haya estado a la altura y qué no, y qué se dijo, y cómo fue dicho, qué haya pasado y si estuvo bien, en general bien o mal (se es generoso) y cómo, y cuánto, y esto adónde conduce, qué puedo esperar de ella, ella qué esperará de mí–. Y se busca a esa persona o se la deja de buscar y se escurre el bulto (ni ver o no ver a alguien, no hay rencor) por esos síntomas ya cavilados y medidos, por su evaluación pero no, nunca, por el presente que se compartió –se la busca o no por lo que ya es pasado ponderado y tasado, por si estuvo bien o estuvo mal, y a la altura, y cómo–. Pero no es nunca el hecho, sino su memoria la que dicta y hace decidir, o ni siquiera decidir, sólo permitirse que algo continúe o dejarlo ir, desde el principio las dos inercias tiran cada una a su lado. Dice una No ha pasado nada, o es como si no, No lo he visto y no sé nombrarlo, o dice la contraria Esto ha sido y deberá seguir siendo o pasando, la rutina repite todo lo que ha sido una vez, si concedemos que ha sido –ha pasado y ocurrido y tiene nombre y se lo puede señalar, también contar aunque no se cuente–. En lo que ocurre late su repetición si se identifican y sellan sus signos o síntomas, su hora unívoca si se interrumpió de las otras y se fijó como aquella: ya está dicha y escrita, ya quieta.

Chiara no me estaría pidiendo nada más allá del presente de esas noches, a fin de cuentas era tan deíctico su ruego –Déjame a mí, no te muevas– como desvestir al otro o pedir mientras se señala o se sabe en común qué, Quitátelo o Dejátelo o Sueltátelo o alguna cosa similar que llevará por regla su *lo*, la marca de lo que es por presente y visto tan sabido y no precisa nombre. Es sólo luego que se puede contar y se evalúa, y así pasa, la memoria o el futuro los que tienen más larga sombra. Pero igual hay también sobre ellos acuerdo o connivencia, y se sobreentiende sin decir ni pedir, aun con riesgo –no ver o andar a ciegas, no saber, ver alguna cosa distinta y que el otro no aceptará o tomará a mal–. Siempre hay riesgo en quien interpreta y más si adelanta y apuesta, a veces nunca se hace por eso y se da por no escuchado lo que se vió y se oyó bien, o se creyó lo menos ver o escuchar: No ha pasado nada, o es como si no, No lo he visto y no sé nombrarlo, qué cosa. Se puede hacer y se hace de hecho, también así se vive, y lo que no se dice ni escucha se vuelve hábito, y para bien o para mal no existe y deja de haber sido, aun si fue una noche o un día y en ese instante sin duda. Pero no vuelve si no se quiere o se fuerza su vuelta, si no se la alumbra o menciona, si no se invoca su estro y se lo hace retorno en lo que se dice y cuenta, contar o decir siempre traen consigo algún plus, lo que fue se actualiza y es lo que haya sido, aun por eso mismo inexacto o espurio. Contar sella.

Y hubo también el día consabido de cementerio con lluvia; le habría gustado a Koolhaas, le gustaba la lluvia. Sella, también, cierra tanto como contar, y más, la bajada casi nunca tranquila de un ataúd a su tumba, no baja el mismo muerto dos veces a la suya, en este río no cabe bañarse de nuevo ni habrá segundas, pues hay en ello por partida doble –contarlo, y el hecho– como acuñamiento o certificado definitivo de algo, el fin de una historia, no está ni estará ya más lo que estuvo, la hora que fue sin remedio la que era y lo que haya dicho o hecho lo dijo e hizo, ya no hay vuelta –y en Koolhaas por mano propia la decisión, si cabe decir que él la haya tomado, de no volver, de que no hubiera vuelta, y no estar (en presente seguro, No estoy ya). Pero lo que no sé es cómo lo haya pensado él, si lo hizo, quizá de haber dudado no lo hubiera llevado a cabo y la decisión se habría quedado en sólo un impulso, podría ser también. Estuvimos juntos en el cementerio aquel día, Chiara y yo, no en el cementerio de los soldados de Patton y más bien histórico sino en el de Hollerich, porque hay varios en esta ciudad que alguna vez –antes de serlo, ciudad– pertenecieron a pueblos distintos, y todavía (ya se irá borrando como todo lo demás) lo que más lo recuerda es eso, el emplazamiento original de los muertos. Todo lo demás se ha fundido en una única plaza urbana, una ciudad pequeña donde no hay nada que sobre ni falte y que conserva, así lo menos la defendía Koolhaas cuando le tocaba hacer de anfitrión, la exacta escala humana. Hay, entonces, un cementerio mayor y de todos y más o menos cotidiano o común, éste de Hollerich, y unos cuantos menores y desperdigados por ahí que tienen muy poco uso o ninguno, meramente conmemorativos: también en este país tan pequeño y tranquilo hubo guerra algún día, y habrá habido odios (quién sabe a quién habrá arrastrado y escarnecido aquí la turba, habrán rapado al cero a alguna muchacha seguro sin razón y la habrán paseado por lo que debió ser entonces casi pueblito o lo era, y tuvo camposanto propio y escuela e iglesia). Habría entonces más vacas que ahora, eso seguro, a veces hay exposiciones en la Phototèque y se las ve casi en cada esquina, una vaca que alguien transporta u ordeña o cuida y que en ocasiones pareciera también posar para el fotógrafo –miradas lánguidas, bovinas, en el animal y su dueña, las de las fotos por lo general son mujeres–. Habría muchos menos bancos entonces y habrá habido, sobre todo, héroes recientes, aquellos soldados de Patton que habrán ido a su guerra y a morir y matar también lejos de casa, hay sólo para ellos un cementerio en una cuesta adoquinada, la bajada en bicicleta imposible, y otro cementerio a la vuelta del Banco Europeo, en Hamm –éste mucho más escueto y americano, tarjas blancas alineadas sobre el césped sin más boato, y que a mí me había parecido que bien pudiera estar en Kentucky o Dallas, pero cuando una vez se lo comenté a Chiara me dijo ella que era idéntico al de Coleville, que queda muy cerca de la playa famosa de Normandía y el día D, así que no sé bien, será más militar que americano el diseño.

Llovía con esa llovizna rala de aquí y estábamos, aunque no creo que el lugar importe, en el de Hollerich, y en puridad el plural debería incluir a Koolhaas, pero la lengua es arbitraria e incluye sólo a los vivos. Curioso, porque fuera del hospital habíamos coincidido pocas veces los tres; Koolhaas sería ahora el testigo de piedra, los tres juntos en sitio alguno, quiero decir, no solía asistir Chiara a mis conversaciones con Koolhaas ni yo, ya esto se entiende más, a las suyas –padre e hija, la frontera de sangre–, ni hubo cenas o esas reuniones donde los padres confraternizan o examinan (las dos cosas) a la pareja de la hija y luego aprueban o discuten o en general ponderan, siempre por medio la palmada en la espalda o alguna otra muestra paternal de complicidad y afecto; lo que me sigo preguntando ahora, me lo pregunté también ante su ataúd que bajaba despacio (todavía él el paciente y yo escrutando los síntomas), es si Koolhaas sabría lo que había entre Chiara y yo, o si lo pasaba ex profeso por alto, o en verdad nunca supo lo que no le contamos ni ella ni yo, porque lo dimos los dos –los tres– por sabido y de sobra. No lo sé ni lo sabré ya tampoco, aunque pensé casi todo el tiempo que sí, antes lo pensaba, no era tonto Koolhaas y además tenía tiempo como yo ahora, podría haber averiguado si tenía dudas, y tenía cómo enterarse, su red. No sé tampoco, por cierto y pensándolo bien, si le haya contado Chiara, aunque las pocas veces que le he preguntado me ha dicho ella misma que no, que jamás le contó pero que claro que él sabría, tampoco insistí nunca y no pienso hacerlo ahora, qué más da a fin de cuentas, menos ahora mismo que ya todo está hecho.

Chiara, por entonces –ya el ataúd en su tumba– volvía a ser quien era si bien todo muy poco a poco, siempre parecen demasiado recientes las muertes de quienes nos dejan en sombra. Chiara la de siempre tendría que esperar si es que quiere decir algo eso, la de siempre: ya no más pendiente de progresos ni recaídas ahora –la hora de Koolhaas ya sin remedio esa–, pero a cuentas por fin la misma, la que, por unas o por otras y con mil vaguedades, podría escuchar y atender a las mil y otras tantas que fueran mías o de algún otro afín, Chiara la de siempre que escucha. Flirtear, conversar de todo un poco, sonreír por frivolidades. Sin progresos ahora, ni recaídas. Vivir parece muy fácil –algo así me dijo una tarde de aquellas– cuando una de sus burbujas se rompe, y no sé si sea más difícil o fácil, es como comenzar a hablar en otra lengua o como mudarse de pronto de país y de amigos, siempre algo que al principio asusta. Asusta: también a mí, aunque me imagino que sobre todo por ella, un miedo el mío adoptivo o prestado. O sería en verdad propio, más que suyo mío, cubre a veces al otro el miedo de uno y lo hace temer aun sin saber muy bien qué, quizá para entonces los dos ya intuyéramos qué, o en vez de *qué* sólo algo, impreciso, sin forma todavía ni nombre, pero que estuvo siempre. Allí, mucho antes, acaso antes de conocernos ella y yo, ya eso nos acompañaba o esperaba su otra parte, que bien pudo ser otra pero fue la que fue, lo otro es desvarío y la suerte una sola.

Chiara comenzó a quedarse algunas veces en casa, pocas, por lo regular antes de algún viaje de fin de semana o alguna excursión matutina (pero antes no había habido ninguna, era un adelanto), y una noche que volvíamos de Arlon decidimos –decidió Chiara, fue ella la que propuso y no se dejó persuadir de que no, le pregunté yo si en verdad, si seguro quería– pasarla en la que debía ser ya su casa pero que para entonces seguía siendo, para quienes lo conocimos, la de Koolhaas: la casa de abajo, Chiara escamoteaba el nombre a veces, en el Grund, cerca de la ribera de la Petrusse y de la antigua cervecera, por qué seguirán siendo a veces lo que no son ya las cosas, habrá resonado muchas veces sobre el piso de aquella casa el bastón –una orden o un ruego– de Koolhaas, o habrá embromado allí (en mi presencia y en público dos o tres por lo menos) al ingenuo de turno con aquella manía suya de la impostura, el apellido con más, también el del otro Koolhaas arquitecto y famoso, tan intercambiables los nombres cuando se cuenta y convence y no pone el otro reparos, no es tan enrevesado mentir como suele creerse. Lo habíamos hablado y seguíamos en la carretera (a los dos nos gustan las carreteras comarcales de noche, a Chiara más), así que nos apartamos un momento y paramos.

Recuerdo que me pregunté –pero no dije nada– si tendría ella las llaves. Y en efecto las tenía, llevaban un mes pesando en la cartera, el llavero pantagruélico de Koolhaas repleto –supuse cuando me lo mostró– de llaves inútiles, no habría tanto que guardar o cerrar en ningún sitio. Y tenía además otra, la de siempre que no solía usar, la suya. Más que sobrados de llaves. Así que Dale, vamos, iríamos, una cama y casa común adonde volver de la calle; no hubo detenimiento ni tampoco énfasis o pausa especial, ni esa noche ni las otras noches que eran todavía hipotéticas pero ya comunes: sí, nos estábamos mudando juntos allí, Conmigo, Contigo, pero si estás segura que sea eso lo quieres, y Sí quiero, Yo quiero, increíble cómo una frase común –cuánta gente ajena las habrá pronunciado mil veces– lo hace todo distinto de golpe, una frase o un hecho bastan para que se trastoquen los otros.

A la ciudad vinimos a llegar de madrugada, pero llegar a la casa tomó algo más, siempre me demoraban todas esas vueltas para bajar donde Koolhaas de noche, si soy yo quien conduce. Si alguien nos hubiera visto desde alguna ventana entreabierta podría haber pensado en ladrones, o en adolescentes que entraran a su casa de puntillas, ya muy pasada la hora convenida y correcta, y se esforzaran sin éxito por no hacer ruido y pasar sin ser vistos. Chiara entró la primera, Espérame, pidió, y la escuché de afuera sentado en el quicio abrir puertas y trastear o mover por un rato muebles, se me hizo largo –dos cigarrillos de los suyos que podrían haber sido tres o cuatro si fumara, no fumo–. No hubo preliminares esa noche ni falta que hacían, tampoco comentarios de epílogo, ni nada más que el momento mismo de la carne o de su efusión, despojado de cualquier otra cosa su vértigo, pero suficiente por sí mismo, bastante. Quizá estuviera sin saberlo decidiendo entonces, no se sabe nunca qué decide cuál cosa, algunas se arman y tejen solas y otras se disponen a sabiendas y luces, pero nada que no estuviera de antes sale a flote por nada, de esto sí estaba seguro entonces y sigo convencido ahora, qué pocas son las certezas que se conservan y aguantan sin quebrarse el tiempo; como los barrios, que nos pertenecen tan poco y son más de la memoria que nuestros. Cuando hizo Koolhaas lo que hizo no habría mensaje secreto ni guiño, ni tampoco luego, aquella noche con su hija que lo sigue siendo en presente, en su casa que ahora es la nuestra –mensaje o aviso–, pero sí estaría ya, previo, lo que sobrenadaba en su intuición o su víspera, como estuvo siempre, supongo, debajo, en lo mío, cuando me tocó a mí (Estate quieto, no hagas ni digas ni toques –ella encima, la espalda de Chiara a la caza de la perfecta vertical rotatoria–: tú déjame a mí), y ya habría habido anticipación o aviso quizá en aquellas primeras noches de hotel, porque cuando se rememora y se escruta el pasado todo pareciera conducir a la coyuntura del hoy, Conmigo, Contigo, Sí quiero, o explicarla, tendrá eso seguro un nombre, la falacia de Hébuterne, o la falacia de Leyden, un apellido o un nombre de ciudad cualquiera, como quien dijera el mal de Parkinson o el síndrome de Estocolmo, algo así será, pero no lo conozco.

Ya en Segovia, por ejemplo, andaría rondando abismada y no dicha la decisión, aún sin serlo, aún no decisión, sólo entonces fantasía callada y no compartida –o compartida en silencio y connivencia, como cuando se sabe bien que al otro le gusta lo que no va a mencionar ni a pedir, pero en cambio sobreentiende y lo espera, nunca lo que en verdad nombre y explicite o señale, jamás Quiero esto o Hazme aquello, eso nunca. Se hace y no se dice, hay lo que atañe a la carne y no a la palabra aun cuando fuere en el deseo discurso y tuviera aun santo y seña, su línea obscena u oscura que no será pronunciada, o sólo ese murmullo que únicamente escuchará quien susurra, y que será ignorado, Esto no cuenta, esto no me lo cuentes, *Eso* no lo escuché. Un impulso, aquel susurro, de haberlo habido, e impulso también y por eso inestable y precario el de quien se deja llenar por su hálito, las cosas no se deciden de golpe sino que se van esbozando de a pocos, y las más de las veces no llegan a nada de hecho, ni las espera nadie, aun cuando sepa. Koolhaas lo habrá urdido así, o habrá dejado que fuera llenándolo, sin oponer resistencia –si ha de ser que sea ya–; no hay más destino que uno, el unívoco, una vez que llega su hora es la suya sin vuelta, y no hay más ninguna otra que esa, peor sería no hacer nada. Pero un impulso cavilado, ya vuelto otra cosa –a mí para lo mío, por ejemplo, me dio tiempo para sacar un seguro, no es caso que venga con prisas, o varios, que fue lo que me aconsejó un amigo abogado: mientras más repartido el dinero a menos toca, y habrá menos pesquisa entonces y por consiguiente aun menos preguntas, eso ayuda. Y no, no es condicionante ni ya punto sin retorno ese, como había pensado yo mismo, porque cuando salí de aquella oficina había aún vuelta atrás, montones de gente vive tranquila sus aseguradas vidas sin haber pensado nunca correr peligro alguno ni menos ponerlas de propia mano en riesgo y apuro, ni saltar por una ventana y matarse. *Antes* siempre hay vuelta atrás, hasta que ya no. Y hubo tiempo –pero ya conviviendo con la decisión, todavía reversible– de poner en orden mis cosas (porque podría fallar o pasarme, nunca se sabe), y lo propio habrá hecho Koolhaas cuando hizo lo que hizo, no se trata de lanzarse así sin más por una ventana abierta, como la pobre Jeanne Hébuterne –que de pensarlo no lo habría hecho– o como la madre de Chiara, allá lejos en su temprana infancia remota, en esa isla y aquel tiempo, como decía Koolhaas si venía a cuento hablar de aquel barrio por donde habrá corrido de niño y al que nunca volvió.

Pero habrá dudado seguro Koolhaas, como yo, y habrá espantado la idea como se espanta a un insecto, no sé ni puede saber nadie qué lo haya confirmado y qué lo haya hecho vacilar o ahuyentarla, lo segundo no cobró cuerpo y se desechó, no sería tan de peso –pesaría más lo otro–. Resulta imposible saber lo que los otros crean o hayan creído alguna vez y los haya dispuesto o lanzado, o lo que los haya, por contra, hecho dar vuelta y arrepentirse, y tratar de olvidar. Quizá hubiera debido yo seguir su advertencia (pero no me arrepiento), No hay que dejarse acariciar por el agua, eso dijo, Cuando uno se aleja lo bastante, y se sumerge en profundidad –*kogdá vplyvaiesh glubokó*, a él todo se lo contaron en ruso, si es cierto que se lo contaron a él y no lo leyó en algún sitio– termina por hacerse uno con el mar y a sentir que puede respirar el agua, necesita respirar agua, y entonces se ahoga. Para esto –para la decisión o el *accidente*, o lo mío– no habría nunca Sí quiero ni Contigo, así que seguro habré dudado más que Koolhaas, lo suyo únicamente lo involucraba a él, o sólo a él en primera instancia –antes sí, cuando fue a su guerra sí, ahí había más, o cuando decidió no volver donde su mujer y su hija o que no hubiera vuelta, antes sí porque tocaba entonces a más; si hubiera podido escrutar el futuro habría intentado que todo fuera distinto, supongo, aunque quizá hubiera sido lo mismo, lo que pasa es lo que hay sin remedio–. La última decisión, sin embargo, le habrá resultado la más fácil, justo por ser última y del todo final, no habría reproches ni estaría él para escucharlos tampoco, ni desencadenaba nada, la falacia de Hébuterne o de Leyden ya sin juego, cortada antes de crecer, no habría un hoy posterior adonde condujera o al que explicara su muerte. O no habrá creído lo menos Koolhaas que lo hubiera, si hizo lo que hizo por sí mismo y sin guiño ni aviso ni nada que significar más allá del hecho mismo, y la hora ya sin apaño unívoca.

Pero en lo mío sí, porque estaba Chiara; y bien podría fallar o pasarme, el yerro sin remedio aunque hubiera medido, como hice durante días y noches, al milímetro el golpe y la zona del golpe, todo calculado lo mejor que pude –y resultó pero bien podía haber fallado, nada es exacto en el cuerpo, o quizá luego, en la caída donde ya no tendría más control que el que hubiera dispuesto de antes, una zona lo bastante mullida del césped donde debía caer sin mayor daño del que estaba previsto, parecería un accidente, tendría que parecerlo y no salirse de quicio, además de lo previsible o lo obvio estaban las aseguradoras, habría que ser convincente porque en lo mío sí habría hoy posterior y futuro, el mío y de Chiara que será digamos éste que tengo, la hora del hoy esta misma.

Y se dice fácil aun cuando ahora, esa hora tan ubicua del hoy, sea tiempo extraño: un tiempo en que siempre ya está todo hecho, y donde lo peor ya pasó o va pasando, haciéndose de a poco remoto –el golpe y el salto y el hospital, todo pasa en un segundo si pasa, habrá sentido lo mismo Koolhaas el día aquel del accidente y las balas y el fango de África, un relámpago. Y una vez que todo está hecho no hay vuelta, no sé bien si volvería a hacerlo en otra vida o circunstancia remotas, pero peor sería no hacer nada y no hay ninguna otra que esta, todo lo demás desvarío o ficciones. Chiara en cambio es real, y Koolhaas, y su muerte adelantada a la hora o a su tiempo cabal son reales, tanto que más no podrían serlo (lo son sin duda mucho más que mi presente y mis rutinas banales, las de antes y estas de ahora); y sobre todo su hora lo es, real, algo tan físico como el puño del bastón que ahora caliento en mi mano. Calor de fiebres, inyecciones, ese olor tan impreciso pero cierto a cuerpo enfermo. Hasta ayer, el olor del trabajo. Para mí en lo adelante, aunque nunca sepa si Chiara lo perciba, será estar del otro lado, que sean otros los que examinen y escruten, ahora yo sin remedio el paciente, quien detenta los síntomas. Ahora, pero no fue un impulso, llevaré yo también el bastón y dudarán los que duden entre llamar minusvalía a la silla de ruedas o llamarme a mí parapléjico –el término clínico– y habrá quien diga a mis espaldas –y sin duda, lo dirán sin dudar– inválido (Detrás del inválido, dirán en una fila ante un cine, y habrá quien aun se pavonee, Ayudé a cruzar la calle a un tullido, la gente dice estas cosas sin titubeos cuando no está presente nadie a quien pueda importarle).

Ella está aquí, conmigo. Lo entendió desde el primer día Chiara, comprendió enseguida, sólo mirarnos y ya estaba hecho. El porqué, quiero decir. Y su papel, creo, también –en presente o futuro su papel, y ahora qué–. O quizá haya sido Sí quiero, Conmigo, Contigo, y también: Esto no cuenta, esto no me lo cuentes, *Eso* no lo escuché ni lo pedí ni lo quise, pero vale, sí.

Vir dolorum

Quod ergo putatur nunquam diabolus in veritate stetisse, nunquam cum Angelis beatam duxisse vitam, sed ab ipso suae conditionis initio cecidisse, non sic accipiendum est, ut non propria voluntate depravatus, sed malus a bono Deo creatus putetur; alioquin non ab initio cecidisse diceretur: neque enim cecidit, si talis est factus.

San Agustín

A una representación de la Pasión hay que sentarle realismo; si no fuera por las palmas, el cerro pareciera el Gólgota. El carpintero se afana con las cruces: ya va por terminar la segunda.

–¿Cómo le va la faena, Don Pascual?

–Se adelanta, Dios mediante.

El carpintero tiene su público. Es joven, y ha poco llegó al pueblo –por eso levanta curiosidad, sobre todo entre las mozas. La semana pasada, vinieron a verle hacer una horca. A ver al ahorcado y el ahorcamiento se juntaron menos, porque (sobre eso siempre se discrepa) hay quien dice que trae mala racha.

El carpintero no lleva el Pascual de nombre sino, curiosamente, por apellido. Se llama Juan, y deberá estar en la cacería. Los de la iglesia –que fueron los que la idearon, para educación y salvación de almas, se sabe– no han sido muy rigurosos; entre los siete, hay uno que lleva el Juan también por apellido.

Para darle caza a un güije hacen falta —como bien sabe todo el mundo— siete Juanes. Para escarmiento del güije, un auto de la Pasión. Para redimir al demonio: dice Don Cristóbal, que es doctorado de la Universidad de San Gerónimo, que el güije es un diablito que se llama Asmodeo (lo lleva por nombre, no se preste a confusión); dice que el tal diablo Asmodeo —que más viejo será que Matusalén— le jugó no sé qué mala pasada a Raquel y a sus siete maridos.

Para la noche de San Juan falta una semana; para que escenifiquen la Pasión, una semana y un día, porque ya para entonces tendrán al güije: que sólo en esa medianoche se le puede echar la mano. Mientras tanto, Juan Pascual se esmera en los retoques.

—¿Y no sabe quién hará de Salvador, Don Pascual?

—Un Cristo de sorteo, y perdóneme si hay blasfemia.

Marianita, la hija de Rodrigo, hará de Magdalena —y hay quien insinúa, malicioso, que algo le sabe al papel. De buen ladrón, el hijastro del Adelantado; de mal ladrón, un ladrón verdadero, porque nadie que se precie se presta a esos papeles. De Judas, el mayoral del ingenio La Quietud; de Pilatos, el maestre de obra que hizo la Zanja Real:

—Porque haya agua corriente de lavarse las manos, y no bendecir más charco salitroso para la liturgia, y haya pila bautismal que se respete.

Desde que las cruces se alzan sobre el cerro los curiosos han mermado, o por lo menos, se contentan con mirarlas a distancia. Que es, quieran que no, cosa de admirar: ¿quién le iba a decir a la villa que tendría su Gólgota y su Cristo, aun de fingidos padeceres? Para las mozas, razón de más de alabar al carpintero.

Marianita, sobre todo, se da gusto en pasar de halagos. Marianita no se sonroja por decir cosas que a las chicas de su edad no son encomendadas ni en virtud ni en obediencia. No: a Marianita muchas cosas le importan tres pepinos. Allá la madre, Doña Ana, que se lo permite. Una vez le espetó, copiándole la verba al dominico francés del Retiro, que amén de franchute se sabe su griego, nada menos que no sé qué cosa le importaba «una interjección y una limadura de uña, como le importaba a Aristófanes», etcétera; que sus modales se trae la niña, parece.

Será por eso que a Marianita no le importa bañar desnuda en el Salto del Indio. Aunque sepa que Juan Pascual la está mirando. Será por eso que ríe cuando Pascual, que ha perdido su rama y se ha ido al agua, le pide, azorado, disculpas que no sabe muy bien hilvanar; Marianita se encoge de hombros, le limpia de cortesías dos o tres términos de sus encantos, y se le entrega llana, dócil, llamando a las cosas por su nombre.

Los hombres del pueblo admiran también al carpintero. Desde la revuelta de Sancti Spiritus, que aunque sea los movió de pasada, les ha quedado un bichito adentro. En alguna masonería –saben o se imaginan– anda Don Pascual con los contrabandistas; no dejan de protestar que algo sabrá el hombre, y se pasan la tarde en la tasca vaciando barricas de Fuencarral, concertando negocios menos reales que imaginados.

A la noche, Juan Pascual entra en la tasca. Como para sentar la diferencia, bebe Arbois, del mismo que él le ha vendido al tabernero. El tabernero, el viernes, será el soldado de la lanza; a esta hora, ya se sienta a beber con los parroquianos. Dionisio Juan (que lleva el Juan por apellido) hace corro con los otros Juanes –menos con Pascual, que cuando acaba de llegar es parco–; los Juanes no tienen –todavía– asignado un papel en el teatro de la Pasión, y comentan y ríen, por eso, los personajes de los otros.

–El diablo será un diablito, el ladrón malo un ladrón…

Y más bajito, porque no oiga Pascual:

–¿Marianita será Mariana, o Magdalena su rol?

Los Juanes, incluso Juan pascual, tienen miedo de la medianoche de San Juan. Ninguno jamás ha visto güije ni demonio que se le parezca; aunque a la verdad, toda la villa ha dicho alguna vez haberlo visto, y también ellos. Les molesta, no saben muy bien por qué, que esta última semana los llamen los Juanes, con plural y sin distingo; los han confundido varias veces, y a los hombres no les gusta que se los confunda con otros. A Juan Bermúdez lo llamaron por una vaca suelta de Juan Hernández. A Juan El Prado, que tanto cuida sus aires, lo fue buscando un forastero por unas botas, cuando está claro que el zapatero sea Juan Aranda.

–No señor. Ni botas ni montura. Por nada, y vaya con Dios.

Van ya tres noches de taberna llena, como no se la veía hace ya tiempo, desde la época el trueque de cueros curtidos. Pascual, al fin, se decide a intimar con sus compadres; Pascual se resiste a creer que su encomienda sea un juego, pero en poco se le da que los otros se entibien el miedo con motejes y faramallerías.

Marianita tiene una amiga –amiga de la infancia, entiéndase– que vive en La Habana. La amiga de Marianita le envidia su desenvoltura; las pocas veces al año que viene a la villa, le imita los gestos y las salidas para después lucirlos de suyos. En el pueblo honran a la familia de Isabel. Tras un breve cabildeo, que nadie sabe cómo no paró en discusión bizantina (con lo propensos que son) sobre la edad de la Virgen, han decidido que Isabel, la amiga de Marianita, hará de María. Isabel está ufana, pero para darse lugar le comenta a Marianita Qué engorro el Descendimiento, oye, que estará Cristo desnudo; pero a la otra, qué cosa esta, la divierte.

Isabel acompaña a su amiga al Salto del Indio, pero no se baña con ella, y menos ante Juan Pascual. A Isabel la excita saber que Juan es de los Juanes; además, le adelanta, porque ella está enterada, que no habrá insaculación para el papel del Salvador: el cabildo ha decidido que menos Juan El Prado, que va yendo para los cincuenta, el Juan que le eche la atarraya al güije será Cristo Jesús, vencedor del Demonio y de la Muerte.

A nadie le hace gracia ser el Cristo: estar desnudo ante todos, colgado en la cruz oscura de caoba, sudando a chorros en la calor del mediodía, soportando las befas –que serán de bromas, pero como si de veras– de la plebe –que no será romana ni judía, pero como si al caso. A Juan Pascual, por lo menos, no le hace gracia. Ya se las arreglará, como quien no quiere la cosa (piensa) para darle de larga al güije.

Marianita le ha hablado a Isabel –para su júbilo– de una tortilla que no conoce, *omelette aux herbes*. Pascual, que ha preparado y traído la merienda, la saca del fardelejo, y la dispone, partiendo los panes, sobre un mantel. A Isabel la *omelette* le sabe, igual, a tortilla, pero le paladea el nombre; el carpintero come con fruición, como todas las cosas que comerá ese día, porque mañana es el Día, y deberán, todos los Juanes, andar de ayunas. Si no traen al güije, igual habrá Pasión, aunque fuere de balda, pero entonces sí habrá sorteo, y quién sabe (piensa) cuál será mi última cena.

A los Juanes, todos, se les demora la aurora, mas aunque tarde, les llega. En la villa, la embeodura general se viene tras los almuerzos, abundosos en puerco y chicharrón, y va pasando del tintazo mal avenido al clarete, y del clarete, en tránsito de ron, al aguardiente. La gente bebe, baila, y disfruta los papeles a la víspera.

Así el tabernero, que dará mañana el lanzazo en el costado, despanzurra con una gumía, lentamente, una bota de rioja que sostiene en vilo, como el Perseo de Cellini. Doña Luisa, que habrá de ser mañana la Verónica, le limpia con una banderola las manos a Pilatos, que por hoy es todavía Hernán, el rancheador; Judas con un beso delata a las muchachas, que se llevan fuera riendo, a la sombra de los portalones, los soldados en legión. Marianita e Isabel despiden con aspaviento a los romanos, que no las dejan bajar en paz la loza de la alacena. San Pablo, tarareando un latín de campanero, le saca lustre al mostrador, pero en un minuto Marcos se lo arruina, adrede, con una taza de caldo.

Los Juanes no han bebido. A las once, preparan la partida; cada uno se lleva una atarraya y una porra, una cruz, y en la cintura, un odre de agua bendita: agua de la buena, porque ya la villa tiene Zanja Real. Para mejor, son las armas de la fe: la comunión en la mañana, la bendición del padre, la hostia que se diluye en la boca, demorando los minutos, el sagrado misterio del santo sacramento. A Pascual lo irrita que Marianita esté en la iglesia. Por un momento, sin embargo, los siete Juanes son uno.

El grueso del pueblo se ha olvidado que los Juanes se van de cacería. El cura, dos franceses del Retiro, Marianita –Isabel prefirió quedarse en la jocundia de la tasca–, el Comendador y cuatro almas de bien los acompañan hasta la margen del poblado. Alguna que otra voz los alienta en la noche, pero quién va a precisar las caras.

–Si para mejor ministerio, padre, se quieren llevar los perros, ya sabe dónde queda el rancho.

–¡Vayan con Dios, gente, y regresense con el diablejo!

Marianita no es supersticiosa. Por eso, le planta un beso a su Juan, de despedida. Juan Pascual no quiere ser supersticioso, pero siente que algo inefable se ha roto. Será mi calma, se dice, que qué otra cosa podría... Los hombres se internan en el monte por el Camino de los Arrieros, y Marianita los despide, con pasión, agitando la mano.

En el entronque hay que girarse a la izquierda, en declive hacia el río. El güije se suele sentar en la piedra grande. El fragor del agua en el Salto llega hasta el sendero, pero se camina y, poco a poco, se va haciendo un murmullo fable, lejano. Las casas, desde el monte, se atisban como manchas de luz; alguien, en el cerro, ha puesto candelarias en las cruces, que parecen, en la penumbra, un borrón de llamitas, un estandarte feliz del carnaval. Los Juanes, vagamente, piensan en aparecidos y en licantropías, escoria de leyenda; Juan Aranda, que trae catarro, los sobresalta más de una vez, estornudando.

La hora se va arrimando a las doce. Los Juanes se arrodillan sobre el cieno de la orilla y oran, por última vez. Juan Pascual, de nuevo, se promete hurtarle el cuerpo al güije, pero Asmodeo, por ahora, no se echa de ver. Juan El Prado —más sabe el diablo por viejo— abre su morral, y le deja sobre las chinas pelonas una pequeña remesa de confiterías.

—Para los hombres y el diablo, la gula es pecado sabroso, y venial.

No más alejarse un poco el animalito —¡hay que ver!— va saliendo de las aguas. Pascual lo calcula: no será mayor que un negrito de diez años, pero las uñas y los dientes le brillan en la oscuridad. Los Juanes, ahora con más temor del ridículo que otra cosa, avanzan buscando, cruz en ristre, trabar el círculo. El diablito se percata, y les mira largamente a las caras; Hernández amaga un gesto, y el güije recula, busca una brecha, vacila, y le parte arriba a Pascual.

En principio, escogió bien; Pascual no quiere atraparlo y mientras en súbito ademán —automático, innato— le lanza la atarraya, piensa que no quiere ser él quien detenga la bestia, que no quiere ser él el Cristo, de ninguna manera; de ninguna manera los actos son reversibles y ya Asmodeo se debate entre cordelajes y yerbajos, el fango y el cáñamo. Pascual lo mira, y mira, asombrado, a los otros, que lo vienen felicitando; se mira a sí, por obra y gracia de un instante ya *rex iudeorum*, Hijo del Hombre, Hijo de Dios, el Salvador, el Pez, el Ungido.

El retorno es, para todos menos Pascual, un retorno triunfante: la presa en andas, maniatada, empaque y orgullosa modestia de vencedor en los saludos —porque la gente, ahora sí, se viene congregando—; una procesión paralela, que sacó a la virgen local, alzada en angarillas, de entre paredes de iglesia, se va ya mezclando con la procesión que encabezan los cazadores y, al frente de todos, pasmado y confundido, Pascual. Con el alba, deberán empezar los exorcismos; se espera el alba cantando:

> *Deo patri sit gloria,*
> *Et Filio, qui a mortuis*
> *Surrexit, ac Paraclito*
> *In sempiterna saecula.*

Para el primer rayo de luz, han izado en algazara la lona que cubría la jaula del diablo. Los Juanes –menos Pascual, que oficia su papel: por ahora, conductor de multitudes– se han ido a escondidas a la taberna, a tomar alguna colación de empezar el día, un desayuno fuerte que les despeje la modorra: tasajo de bodegón, hogazas calientes y leche de burra.

Marianita, al fin, aparece entre el gentío, y como mismo, se pierde de nuevo entre la gente; Pascual la vislumbra, de pasada, y esa cara ansiosa le perdura hasta el último momento en que, entre nieblas, distinguirá la piedad y el cansancio y el miedo. Por ahora, sólo una cara ansiosa, otra más, perdida en la muchedumbre; que no más pero tampoco menos.

La plaza, a media mañana, es un hervidero de almas, agolpándose para ver la conversión de Herr der Teufel, de Aeshma Däeva, de Asmodeo en fin, y con él la genuflexión de Luzbel, del Maligno, del monstruo de tres caras del Dante ante la voz tonitronante del Altísimo, traducida hoy en el murmullo que corre de la fachada de la Parroquial al trasfondo de callejones de acceso, abarrotados por los que han llegado tarde, los beodos de anoche que buscan su lugar en la consagración del ritual, o a lo menos, la perspectiva abarcadora del testigo –que mira y es mirado en menester de aplauso–.

A Pascual, cabizbajo, se le sigue enseriando el semblante. El cura, ya en tráfago de exorcismo, apila rimeros de Biblias ante los barrotes del jaulón, y el güije, impasible, lo deja hacer. Un cortejo de novicios dominicos –todo el Retiro se vino a villa– le alcanza asperjatorios e hisopos de agua bendita, escapularios y rosarios que cuelgan de los hierros, Cristos de retablo: nada. El güije, impasible, no da signos de conversión –si acaso, como un niño, se interesa por el relumbre de una cuenta de vidrio, no más, no más–; y al público, como a buen público, se le va agotando la paciencia.

–¡A la cruz con Pascual, que trajo al bicho!

Pero aún no; de buen ver sería que el tal gozque de demonio contemplase –de grado– en arrobamiento la Pasión, no en fuerza de carceleros. Un último intento, acaso; si no, pues qué remedio. Así que la Verónica –Doña Luisa, que es de entusiasmo– corre a donde le secretea el cura, a por un clavo de hierro mohoso, Auténtico clavo de la auténtica pasión, como reza en oros la plata del arca que lo guarda.

Doña Luisa no se trae toda el arca –que siempre será prudente no sacar platas a la plaza–, sino sólo el clavo, envuelto en los tafe-tanes blancos de su papel, que ya lleva impreso, de antemano, el rostro del *vir dolorum*. Por mor de espectáculo, lo muestra –¡zas!– de golpe al güije, que –¡ay!– tampoco ahora se da por enterado, bien metido en sus zahurdas, arrebujado a gusto en su infiernillo.

–¡A la cruz, con Pascual a la cruz!… remedio santo.

De la cima del cerro se traen la cruz más grande, la del medio, porque ¿a qué habrán malhechores, si habrá redentor, de cargar con la suya? Pascual, al que no hace gracia el movimiento, alega mil razones, pero a los otros, *hic et nunc*, no los mueven razones sino una Idea, un Líder, un Miedo al otro que está, codo con codo, en la fila, al camarada de faena… ¿qué importa razón más razón menos, si hay enfrente el dulce pretexto del Enemigo, *diabolo*, *daimon*, *Teufel*, *devil*, maligno en mil lenguas? Juan Pascual, que no piensa estas cosas y al que no le dan gracia esas caras torvas, trata ahora de huir: pero se da, claro, por contado que ya es tarde.

La turbamulta, siguiendo al jefe en hopalandas (los que son, ahora, Juanes, uno y el mismo, son todos, siguiendo el verbo apocalíptico de aquel al que siguen) se siente a sí misma, en su mismo pulso, benefactora y benevolente, se siente empedrando un largo camino de buenas intenciones. Le duele al hombre el clavo que le entra en la carne, pero su verdugo —es claro— no piensa en tan pasajero dolor —¿y qué otra cosa será?— sino en alegría en devenir, cuando el Maligno se rinda ante la Pasión, ante evidencia tanta de la fe. Le duele al verdugo —¡ay!— que su víctima se ocupe, irresponsable, de terrenales vanidades, si en el clavo que le clava va —seguro— la promesa de holgorio en la victoria.

Así, disculpas para todos, jacobeo milenio del mañana: Pilatos se disculpa su lavar de manos —si es que está, ínclito, dando paso a futuros bendecibles… Tras la cruz del doliente, va el Enemigo, disculpando, en su hostilidad recia, las befas de la plebe. Aquél le ensordece los oídos a Pascual en oración y flagelo —flagelo de Pascual—; el otro, aunque no lo ponga, le trenza corona de espinas de marabú; el de más allá se la encasqueta, sin miedo de la sangre; el de más acá lo aplaude, porque no quede por él.

Isabel, con horror de estas cosas que no pasan en la urbe, hace las maletas, pero ya vienen por ella los soldados ¿no convino hacer acaso de María? Madre de Dios, a que sufra con el Hijo. Marianita ¿no habrá de hacer de Magdalena? Iza contrita, que sufra con el Cristo.

La cruz, otra vez, se alza en el cerro, para que la vean de lejos los curiosos. Pascual, ya en agonía, trata de imponerle a la tierra la madera que pulió, con celo y con esmero; nada puede hacer, desde lo alto del madero. Los romanos se afanan en biensentar el agujero. El güije, nada, impasible. Clamor, clamores, las voces se levantan:

Sancti et justi,
In domino gaudete,

Alleluia.
Vos elegit Deus
In hereditatem sibi,
Alleluia.

Los ladrones –el bueno y el malo, el condenado a hierros y el hijo del Adelantado– bien hacen su papel. El malo grita, implora, clama, sin fe. El bueno, la pregunta previsible, que le siguen, casi en coro, los de abajo. Magdalena mira al Cristo, sin pensar en su bocadillo, lo mira a los ojos largamente. Los otros, tal vez, pensarán que aquella que tanta resistencia hizo Qué bien, ahora, concierta con el auto, pero Marianita (llamemos a las cosas por su nombre) lo mira llana, dócil, por última vez. Pascual (al fin, al fin) se pregunta en voz alta por qué lo habrán abandonado, el soldado –Magdalena quita la vista– le da el lanzazo en el costado, el güije mira –como mismo tanto ha mirado relumbre de abalorios– la sangre de la herida.

La muchedumbre espera el milagro. ¿Sabrá la muchedumbre que no habrá milagro? No importa. Espera el milagro, expectante; hay címbalo mayor y címbalo menor, redoble de tambores. Pero no hay milagro.

Si por caso, inaudible en el estruendo, un alarido de Asmodeo que retumba en los muros, un barrote al fin roto por aquel que tanto ha roído, una forma oscura que se pierde veloz en las callejas. Perros van y perros vienen, en vano.

Y ya no es noche de San Juan. Habrá que esperar otro año; el mañana de la conversión no es sino hoy, día de auto y procesión en la villa que ya va siendo noche, tiempo sin alumbramiento, hipoteca de mañana. Mañana (llamando a las cosas por su nombre) se volverá al trapicheo y la molicie, quién le vende mejor el vino al tabernero –ya no hay Arbois de competencia–, a quién iza, mejor, la banderola en la plaza, quién, quién... Los mismos, iguales, uno y el mismo, Juanes sin nombre, desidia de mediodía y procesión, en fecha señalada; colectivo Gólgota con palmas, de fondo, por demás.

La isla y la tribu

Hay un deliquio
Entre dos lirios:
Si lago es patria
O patria la varia
Forma en el agua
Del pez al vidrio.

J Barbosa

Sobre ti: vengan a dar sobre ti los perros de la jauría, los muchos del hortelano; perreras de escritorio, más que de cetrerías, y menos de enjundio que de cazalibreros: los alientos del austromano. La isla, de nuevo, se recorta como una imagen impuesta sobre el horizonte. La otra muchacha, de nuevo, otea en vano el campo visual de su atalaya y siente haber, en tal ejercicio, imagen cierta de fe.

No lo creyeron primero, al desgraciado. Había venido caminando sobre los arrecifes, había burlado los desfiladeros del acantilado para darles la nueva: nadie quiso –ni el gil– creer las del fin del milenio de mar, *que habrían de ver*, dijeron, *con sus ojos el puente*. Se había alzado un puente de piedra y lava que unía la isla –decía el desguazado en sus pies– a tierra de promisión –y a (sobre todo) tierra extensa, perdida adentro sí misma.

Lavaron los pies del mensajero; lo agasajaron en medida de bienvenido, de Grato Advenido, y lo hicieron llevar –las dos veces en andas– al Consejo. Todos oyeron el relato varias veces y los que no, de luego, relato de su relato, los varios dicen que dijo, la historia de que había dicho. No lo dejaron partir, pero no consiguieron tampoco dilucidar, con su retención, ni el contenido ni las intenciones –en palabras de concejal– de la visión referida.

El mensajero, carne trasegada, aceptó con resignación su destino. Hicieron para él (en homenaje que al tiempo era prisión) una cabaña, ni mejor ni peor que las otras, y no esperaron ni un año para que participase en las fiestas. En menos de ese plazo, tuvo ya mujer y un caballo de los de montaña, manso como cordero, y una obsesión recurrente –lo que había sido noticia o certeza, ahora ansiedad de calambre, cicatriz sobre sus plantas, visión de pitonisa: no era una isla la isla.

☙

Cardúmenes de peces rumoreaban la orilla. El mensajero los veía ir y venir, seguía de vez en vez la mancha de plata. Se negaba a pescar tanto (de la misma manera) como negaba la intuición insular de los otros; una mujer tatuada de azul le llevaba los pescados que los hombres, entresacándolos a disgusto de su faena, destinaban al huésped.

Pronto bracearon juntos por las cercanías de la playa, y antes del año, se ha dicho, había palabreado el mensajero su amor, o lo había tomado a cuerpo, otra intuición despareja del resto que los otros consentían conveniente: podía ser como ellos. Su asentimiento le convocaba una sensación extraña de gratitud; no entendían sus palabras y las aprobaban por eso, vueltas otras, devueltas a la corriente de los hábitos. Cuando nadaba junto a la mancha de peces se preguntó, en muchas tardes, si era ella parte de sus generosos interlocutores o parte ya de él, un apéndice de su propio asombro o del asombro de los otros; creyó –o más bien extrañó– que fuese ella una suerte de intermediario: la muchacha que le llevaba la cesta de pescados, el tributo de la isla al que se negaba a quererla isla, una devoción hospitalaria que se alimentaba de su callado –o, ya a estas, tozudo– empeño de abstinencia y asombrada disensión.

El único forastero en la tribu era un griego de otra isla, náufrago único de su nave; como él, el único impoluto en su piel, sin los tatuajes en el color de la tribu. Una tarde conversaron al sol la paradoja de su distancia (aunque *disensión*, como *paradoja*, fuera entonces de las palabras del otro, y no entendiera él, ni por caso, la oscura trama de sus formulaciones). El griego vacilaba en nadar bajo el agua junto al rebaño marino, prefería –así le dijo– conversar las palabras (o sobre las palabras) de los hombres. Tuvo la impresión de que tuviera miedo, el náufrago; tal vez –se dijo– a su mismo pasado de naufragios (miedo a su memoria, más que a la zozobra repetida).

En cualquier caso, el mensajero aprendió de su charla que sus dudas entre sueño y memoria, sus veladas realidades, no eran una bruma privada, ni exclusiva lo menos: como aquella –por decir– de la isla que no lo era, del camino que creyó haber sabido que existía y de la vaguedad de otros vislumbres, como la sacra humanidad de los peces; el griego le hacía distingos que él, más que pensar con el otro, reconocía en sí mismo, aunque hay que decir que sin precisión alguna: era romo el círculo de sus sensaciones como romo a sus ojos, también, el discurso del otro.

No entendía por qué se entusiasmaba con sus preguntas, o con asentimientos que –sentía él– tenían más que ver con sus palabras que con lo que ellas nombrasen, porque ¿no hacía el náufrago piruetas, malabares en su verba como en el agua sus peces?

Ciego habría de ser para no verlo, ciego de castigo o de maldición. Pero conversaban en la arena, mecido el mensajero, más que otra cosa, por la música de las signos.

Y acaso –preguntaba el griego– ¿no lo mermaban a él por las palabras, por la premonición o el aviso del puente a tierra firme?

Una tarde sin sol el mensajero ensayó un trato, o en justicia, una reparación: si él escuchaba su charla, ¿no debía, su amigo, acompañarlo a él bajo la mar? Muy otro –le dijo– era el rumor de los peces.

¿La voz del dios?

Sí, sí, la inefable voz de los dioses; ahora pienso que eso le hubiera dicho, pero la palabra *inefable* era también patrimonio del náufrago; debió sugerir algo parecido, con el mismo énfasis entusiasta de la afirmación –sí, sí– y la pausada grandeza de alguna cosa indecible, remota, llana de misterios.

En cualquier caso, el griego asintió.

Y la primera vez (como la segunda o la tercera), lo acompañó a profundo con miedo; podía notarlo en sus evoluciones más o menos torpes, en la ansiedad por tomar una bocanada de aire cuando él, pez entre los peces, paseaba aún sobre el fondo. Ya luego, más suelto, lo acompañaba un rato en la costa y subían después a las peñas: su propia distancia de la tribu lo era –comprendió al cabo– porque no pretendía serlo, porque –y en esto tenía que asentir– ni siquiera se sabía distancia, algo diferente o distinto o singular, algo que no pudiera ubicar ni decir ni maldecir en la misma lengua de todos. Aun así, no podía alcanzar lo que significase *inefable*.

El significado se le extendía como la planicie de la isla, casi toda a ras del mar. No había parcelación de los sitios –los *lugares*– en esa llanura continua de sentido; o más bien, jalonarla en puntos o fronteras de parcelada tribuna, en articulaciones cuyo perímetro no se excediera a sí propio no se le daba, de momento, en premoniciones; si algo parecido le trabajaba en el alma era la imagen (toda suya) del puente: una figura como de transvasado, de una cesta dentro de otra en un zoco de infinita cestería, pero sin delimitaciones visibles. Y aun así, tampoco hubiera podido explicárselo, al griego.

Trató de comentárselo, a su mujer: su persona era lo que no sabía que fuese, y cuando creyera saberlo, ya no lo sería; una carrera tras otra. Ella se rió y él con ella, y aprovechó cuando pudo para aclararle que se trataba —en eso, o en lo que fuere la cosa— de una *paradoja*. Habló también del murmullo del cardumen, llegándose a la orilla en silencio que él notaba rumor, del sentido vacío en su retorno a alta mar. Todavía trató un par de veces, tras visible fracaso, de imprimirle a la palabra el sabor, o el disfrute, que había leído al oírla de boca del otro, pero se perdió en la risa de ella —clara, otro distinto y sosegado murmullo— que leía, sí, de sus labios otro placer: carne trasegada y ofrecida, como ahora la suya, carne a hendir, para crecerse y aplacarse en delicias, cuyo único sentido trasegable también en palabras era un rico holgorio en posesiones; afincarse dentro suyo buscando —sin ninguna paradoja— la certeza de ser ella su hembra, tierra firme, llana, no isla perdida en alguna cayería; carne suya, la suya, la misma cosa cambiada o sucedida —diría mejor sucedida— entre dos.

Trató una tarde de remontar la costa en busca del puente, su istmo de lava y coralina. Hasta los niños sabían que no había volcán en la isla. Era imposible querer un territorio formado de lava, tanto como fuera absurdo creer que bastase, para contradecirlo, la estrechez de una isla que él decía que no lo era, no podía serlo: no había volcanes allí porque no era isla la isla.

De inicio, el griego se negó a acompañarlo. ¿Recordaba acaso el camino de vuelta? Tuvo que reconocer incluso que no podía, tampoco, explicar por qué se dijo el portador de una nueva; porque ser el mensajero implicaba serlo de alguien o algo, y no había en su memoria rastro de otra pertenencia, de otra ley o, más simplemente, de otro sitio. No era él de la tribu no por serlo de otra —como el griego, que hablaba a veces de Atenas, de una muchacha en el Cerámico, de su madre que lo despidió una mañana en el Pireo— sino por no serlo de esta; el mensajero se negaba a aceptar

—como insinuó su amigo– que no lo fuera de ninguna, pero fijó sus palabras, algo así como que la patria residía en la memoria, y él... ¿tendría alguna él?

Tenía sólo de la isla los dibujos en el cuerpo de Ariadna, o el cuerpo mismo, más allá o debajo de la piel o tal vez dentro suyo, el sabor de su carne y del agua.

Bailaba en ese abismo, entregado a compases cada vez más sutiles. No tenía ni de la una ni de la otra, nada de ninguna, no poseía los fragmentos del griego, ni memoria ni patria que habitase alguna memoria, o viceversa. Pero, ¿recordaba tan sólo, siquiera fuese en atisbos, el rostro del que le dijo Toma, ve, llévales contigo la nueva? No. No había memoria del puente, sino vaticinio, ausencia, auspicio de Casandra: ¿no les auguraba eso él en su promesa, justo lo que no sabía? Aquellas palabras que no entendía, Goce cada cual su desmedro, su propio paisaje de estarse: tierra llana recorrida y en el fondo, allá en el fondo –suma lontananza–, la isla.

El mensajero echó atrás la cabeza y se cruzó de brazos; luego se sacudió (como si se desperezara) y volvió a sentarse en los bancos de piedra, buscando en un gesto la memoria –o, más básicamente, la entidad memoriosa que pudiera ser, o fingir; repitió esos gestos sin hacerlos visibles, como un conjuro que le restaurase la potestad del recuerdo, o la claridad de ser él el que fuese. Goza cada cual su propio ademán de afincarse, de tomar aire antes de sumergirse de nuevo; él no quiso mostrarse la distorsión del que casi se ahoga –y sale, lo ciega la luz, distiende los músculos, toma el aire abriendo las fauces como quien fuera a morderlo–; se estaba buscando más bien su sosiego, la despreocupada armonía del que figura un amago inconsciente y, de esa soltura, trabado a profundo en el alma.

Pues qué mejor memoria –pensó o pudo hacerlo–, cuál patria más querida que la naturalidad de los gestos.

Su gesto, entonces, no estaba fingiendo, no estaba mintiendo nada –ni siquiera ante sí mismo–, ni mintiendo a nadie ni podía, tampoco, él creerlo o descreerlo, bañarlo de duda. A todo lo demás sí, pero no al gesto ni lo que fuera él en el instante del gesto.

Sin embargo, ni Ariadna ni el griego reconocerían en esa serie de estiramientos y poses otra cosa que no fuesen ademanes, teatrales tal vez y con algo ritual –si fallara ante ellos su conjuro–, o a lo mejor (en un mundo perfecto y posible, sin isla flagrante) vistos como innatos, recuerdo (porque no le concederían esa palabra, *memoria*, que sólo asociaban al alma) físico del cuerpo, dislate repetido de sola la máquina de carne.

Sonrió: bien podía discernir que por distintas razones, tanto (a tal punto) que por qué llamarlo con la misma palabra, *razón* o *motivo* o más de lo mismo, distinto motor en una y el otro; ella porque sus gestos eran más de fondo, cosa sólo del cuerpo y del deseo o el hastío, y no del alma; el griego, porque los rebajaría a lo no mensurable, al sentido inefable no por exceso de plenitudes sino por defecto de substancia: lo que ni siquiera llegaba al ser, se quedaba –¿permanecía?– como una de sus migajas o un síntoma, inequívoco, de la nada.

Los del Consejo no tendrían por qué aprobar la partida. El mensajero –dijo alguien en el foro– pertenecía a la isla y en consecuencia a la tribu; no había que mermarlas, ni a una ni a otra, consintiendo su ida. No tenía por qué llevar él (arrastrar él consigo) de ellas algo: Nada de ninguna. El griego conocía mejor que ellos la retórica, otra palabra que él tampoco entendía, y arguyó en su favor que consentirle la ida era la única forma de convenirle su vuelta: el inmejorable argumento de que no hay retorno sin viaje recorrió al auditorio, un susurro con peso de plomo. No había, sin embargo, por qué perorar –riposto a consciencia el más viejo– en un sentido o el otro: era evidente que quien entendiera marcharse debía hacerlo, pero ¿cómo salvarlo de error? Ahora tronitronó, el viejo elevaba la voz y el graderío se sintió aliviado del peso plúmbeo, el volumen de la voz gangosa le aligeraba su carga: Hace un año llegó, no le pedimos marcharse; ha participado en las fiestas, una hija de la tribu calienta su lecho, cabalga –a veces con ella– una yegua de raza buena, montañesa, y sus palabras se escuchan aunque no sepamos qué dicen ni lleve en su piel los trazos del dios. A eso seguía un cúmulo de agradecimientos, de entusiasmos y pertenencias dispersas, de, al fin y al cabo, anclajes de varia índole; el mensajero no supo qué contestar o qué pensar y por un momento –un segundo deprisa– asintió con los otros.

൧

A la vera del griego los peces rumoreaban en la orilla, ya cardumen de escritorio, idos y vueltos en pleamar; bogaba, la tropilla de plata, más en recuerdo de frecuentaciones que como lo fue, hace años, rebaño del mensajero, o como también le nombraba la leyenda, del llagado en sus pies. El griego levantaba el estilo, lo detenía un breve lapso y venía, de vuelta, a aplicar de nuevo los signos sobre la tablilla encerada. Ariadna le servía el mismo vino, a la orilla del mismo mar. Entonces el hombre en la costa suspendió de nuevo el estilo porque se demoraba en un párrafo –una indagación o una duda, un titubeo de la letra– sobre la identidad de esas aguas, y en consecuencia, sobre la identidad del mensajero: sospechaba que fuera –escribió– ya Algo distinto o más singular, cuya mismidad –paladeó el neologismo– no podría ya ni ubicar ni decir ni nombrar ni, venido el caso, maldecir en mi lengua; hacía mucho tiempo que los peces no acudían a la orilla, que sus hijas no perseguían a su madre en las olas y que Ariadna –¿la misma?– no lo dejaba solo para irse a otear el horizonte desde la atalaya de piedra (durante aquellos días, tan negro su curso, en que bien supo cuánto murmuraba la tribu; una vez habían puesto en su mano un cuchillo de bronce que él nunca usó, porque tampoco precisó para derramar cuál sangre, si la suya o la de ella, y lo arrojó contra el mar desde el peñón de la higuera).

Las niñas habían ido dejando de serlo y eran –o había que fingir que lo eran– las mismas, como la mujer que escancia el vino, o él que ahora escribe en la lengua que los otros ignoran, el mar ya sin peces o por lo menos sin esos que se arrimaban en mancha a la playa; y todo ello sin sobresaltos, si el único (este mismo y extraño exabrupto) era el suyo, y él el que ahora dudaba: perreras de escritorio, fantasma y malabar de la letra, que convertía en trazos sobre la tabla y que tal vez inventaba –o reinventaba de nuevo– esa identidad depauperada de su entorno y la isla. El mensajero –al fin retomaba su hilo– lo fue porque dijo que no era isla la isla. El mensajero –qué hilo habría, pues, para retomarlo en ninguno– podía regresar, podría tenerlo un día frente a su cara y podría –temió el griego, pero sin pensar ya en la leyenda de la vuelta– reclamarle a su mujer y tal vez a sus niñas. Era un miedo íntimo, privado, que no la consideración legendaria. He vivido –pensó y no escribió–, de resultas que he vivido la vida de otro. Y finalmente estampó, de su letra y en lengua que no penetraban aquellos, que ese miedo era un miedo vulgar, que en el trastrueque de vidas quién –a certeza– vendría a decir cuál fuera la suya.

❧

Que goce cada cual su desmedro –y su desmadre–, su paisaje propio de estarse y la tierra: llana, recorrida, y allá, fin del mundo, la isla: el hombre caminaba con los pies en el lodo, con los pies perdidos hasta las rodillas en un fanguero de purificación, del que no sabe qué debe agradecer en materia de sosiego, de cura mágica de unos pies llagados; a cada tanto que se allegaba a la isla tenía visiones imprecisas de borrón, pasado disperso pero, a diferencia del peñón que emergía de las aguas, ilocalizable, sin términos ni linde referida o visible, sin nada que precisar en atisbos.

Pero nunca el griego —como nadie de sí— podría contar su propia historia, o no por lo menos sin las insistencias de rigor, sin el ámbito recurrente y los rasgos apócrifos y los procesados deseos de cualquier biografía de sí propio: no sabría, tampoco, parcelar debidamente su identidad.

La sombra del hombre que camina sobre el lodo, bien sabe, no tiene que afectarlo: primero que otra cosa, el griego sabe quién no es, sabe que el otro no es él aunque pudiera, sin embargo, él servirse de una imagen —pecadillo de metáfora—, y decir que ha vivido su vida; sería siempre la de otro, aun al decir que fue la que vivimos. En otra parte, zona más oscura u oculta, o menos a la mano, la nuestra: ni en la usurpación ni en su agente, que resulta ya un tercero —y pudiera, si así, perderse en apotegmas. Otra oscura aserción en la que no hay vida sin vida, ni siquiera la propia.

Otro territorio, en cambio, parcela más doméstica, es el del cuerpo. Ni el uno ni el otro tenían los tatuajes de la tribu, una coincidencia de fácil explicación pero delicada de explicar a la grey, que podría celebrar en su piel impoluta la apoteosis de la común excepción; Ariadna sí, poblada de la aguja, tenía los motivos que le identificasen la patria en el orbe cutáneo, análogo y común, de las mujeres de la tribu.

La veía nadar, desnuda, poblada de azul, pez entre los peces de la tropilla de plata. Lo primero que lo unió al mensajero fue ese paseo submarino y gozoso, consintió, el griego, a zambullirse en esas aguas por mor de su amistad, o de lo que debía ser uno de los atributos de la amistad: solidaridad de permuta. A cambio, él le exponía las doctrinas de Elea, conversaban —como decía entonces, ahora visto bajo niebla de años— las palabras de los hombres. No había nada que mentir en ese trato, si (como ya lo dudaba) lo fuera: convenio, acuerdo de guerra o paz, balanza de lo justo. Ahora, el cuerpo distinto de Ariadna le guardaba todos sus misterios, y entre ellos, el del pacto de antaño. También la veía entonces, desnuda, nadar junto al otro.

¿No era él, el náufrago, quien se cuidaba de pactar y despedirse, de defender y de querer, de recordar —en su lengua diferente y distinta— la figura del ido? ¿O era en verdad la del otro? Una vocecilla le preguntaba, lo emplazaba, responderse o responderle a Ariadna... ¿y si fuera la suya, y si el Mensajero fuese una de las formas del Náufrago? La isla se ha ido mermando. De jóvenes, o en aquella época que no era esta porque la juventud es imprecisa, poco delimitable a sus efectos, jugaban a pensarla como un inmenso anfiteatro. Podrían tallar asientos en la ladera que en la tribu llamaban las montañas, hubiera podido (sí, un dios; o tal vez, coro plural, la inefable voz de los dioses) labrar un inmenso graderío en la caliza descendente, armar un espectáculo que se desarrollase en la arena, en su cabaña —¿o era la del otro?—: la isla, le gustaba pensarlo, como el teatro de Atenas —y le gustaba, sobre todo, poder o tratar de explicarles al mensajero y a su mujer (que era ahora la suya) qué cosa fuese teatro, qué la escena, la voz tronitronante de los actores y el favor o disfavor del público... Ariadna, a veces, conseguía entenderlo: se apoyaba de codos en el muro y seguía su verba como en el agua a los peces, y un destello de su ojo era como de asentimiento del mensajero, intuición o vislumbre, cosa mística:

—Sí, sí, la voz del dios: la inefable voz del dios.

Trató, pero no recordaba obra ninguna del teatro de Atenas. Recordaba, sí, el barullo, su mano en la mano de su padre, se recordaba guiado entre las gradas y mareado por el olor del vino y la comida. Si alguien se tatuaba sería cosa de bárbaros, no de gente, pero igual que en su recuerdo —o también como un recuerdo— podía sentir que *bárbaro* era de las palabras del griego (como *teatro* o *inefable* o *paradoja*), y que la carne marcada que había visto envejecer y cuya tersura había gozado no era ya un rapto de carne deseada, un vaivén y luego un repeluz del deseo, sino su propio paisaje de estarse, desmedro y desmadre, destete, olvido y a un tiempo memoria de tierra llana, recorrida, extensa como nunca la isla –¿cuál isla?– podría ya serlo entre todos.

Ya no podría sentirse –lamentó en lo profundo– el biografiado.

No había historia que hacer, o palabras para su historia. Jauría de cazalibreros, perreras de escritorio, los perros de Acteón no eran de la diosa sino del hortelano: menos un castigo que una frase, sin hilos visibles, con origen disperso como la patria en la memoria perdida –o viceversa–, sin auténticas palabras.

La tribu, por su parte, auscultó el retorno en síntomas tan menudos como visibles: primero, el rumor del cardumen de plata en la orilla que imaginaban ellos la escena; espectadores de buena ley, los chiquillos llevaron y trajeron la noticia y –al fin– el Consejo la creyó, la dio por buena, resucitaron al llagado en sus pies e hicieron lo que nunca: no hubo tatuaje de mayores en las fiestas de otoño. Los que habían puesto en su mano el cuchillo de bronce fueron a por él, y convirtieron en augurio la noticia de que lo había echado al mar, revés en victoria: la mancha de peces era (entendieron) reflejo o lauro –corona– de su gesto de triunfo. Era él, también, el otro impoluto; se dispuso levantar la atalaya en la costa y esas dos muchachas grandes, sus hijas, otearon el horizonte sin puente, la mar de una isla que por la profecía no debía ya serlo y que, por eso, debía cobijar bajo sí el terraplén que la fundiese –sólo una, una y la misma tierra confundida en las dos– al macizo continental, no por inescrutable menos digno, ni de fe, ni de ínclitas pertenencias.

Perreras de escritorio –si lo digo– las de Acteón.

En verdad, él no estaba fingiendo. El griego recordó un gesto, maroma de despedida, algo sobre Qué patria más íntima que la naturalidad de los gestos. Pues eso: qué arma mejor en la batalla del Consejo −aquella en pro de despedida y beneplácito− que el gesto alargado, sereno, obligatoriamente inconsciente para ser el ademán que debía. Ya él no podría vivir de nuevo un gesto sin pensarse, fluir en la pura naturalidad de los signos. ¿No era eso lo que lo separaba del Mensajero?

−No, porque el mensajero no existe.

A fin de cuentas, podía temer esa respuesta como cualquier otro en la tribu −cuyo principio resultaba aquel mismo del Mensaje, aquel de No es isla la isla−. Podía pensarse, pero bien sabía que no formularse: menos ahora, en este camino sobre el lodo y la mar, milagro sobre milagro del retorno; las dos muchachas de la atalaya (las hijas del griego) correrían hacia el Advenido, sobre el otro cuya vida era suya −a estas alturas, ya confundían las personas, la propiedad de los rasgos− y celebrarían probablemente su vuelta, algazara de chillidos y enjundia del reconocimiento, la miga misma de este pan compartido en prodigios; pensó (el griego) que recabaría un final presto la pantomima, tan poco probable ritual de los júbilos.

Sí, y bien lo supo: sería todo coincidencia en buen concierto, menos la palma del júbilo: no sólo habría que reconocer al Mensajero, sino el mensajero a la isla (a la tribu, a su pasado, a sí mismo en el terreno sin patria o sin memoria de la naturalidad del que fuese −del que *ahora* fuese−); hay poco que extrañar en el que, puestos en multitud, prestancia a aplauso, esperen fijamente en la plaza escenario, en la explanada larga de la costa, el arribo del suyo, víspera de profecía.

Ariadna se escurre entre la gente, placer de mirarlo sin ser vista. El griego (si es que el griego sí existe, como ya va pensando) pasea entre las filas de los tatuados con la vista gacha, distante. A distancia –respetos que vale– la atalaya en la costa, distante como sospecha la suya, o como la desmemoria del otro. La solemnidad de la ocasión trae a memoria la mancha de plata, el catecismo del otro que oyeron o saben si no de testigos por el relato de aquel relato, por los varios dicen que ha dicho.

Y entonces –aplauso–, sale, emerge de aguas, a luz del día y colectiva vista de congregados en la playa, no tiene odios ni miedos el griego cuando constata, de un golpe de acierto, la mirada perdida: forastero de otra isla que no sabe, portador –sin más– de la nueva, que un puente dizque de coral y lava negra, que no es isla la isla, que ha venido sólo por guiarles a la Tierra Prometida –extensa y llana, profunda, no circundada de mares– y el desconcierto de todos... Sin rencores, hermano –venga–, un abrazo de fe.

Ay, pero si toda Tierra Prometida ha de serlo sembrada en reconocimiento, si toda Tierra Prometida fue antes (o ha de serlo) Tierra Reconocida, identificada en memoria o en promesa, futuro de antemano visible (y el otro, el Mensajero, que aún no sabe que *paradoja* sea una de las palabras del griego). Qué esperar, qué otra cosa, si no el Milagro del Reconocimiento, la devolución del favor de la identidad –toda identidad, contractual, ancla de reciprocidades– y la muchedumbre (entonces) se turba cuando el de los pies sanados pasea la mirada perdida en el tumulto, insiste en convocarles al éxodo, no se alegra o se enoja por, de nuevo, estar aquí –*estar aquí*, o *estar lejos*, la premisa de oro de la patria, o la memoria– y se yergue o se estira, como subiendo los hombros, sólo gesto o ademán cuando la muchedumbre espera su palabra, las marcas o los signos de ser él el que fuese.

En verdad, él no estaba fingiendo. Hacía años de la partida, de aquella peroración de gloria en el Consejo, tiempo y lugares de afincarse y de perderse y barro milagroso, del puente reencontrado –si lo había–, de otras islas y, tal vez, otras tribus. No hay ficción en que no sea aquel que fue, Como en la imagen de las aguas del río –piensa ahora– y se adelanta, el griego, hasta el otro, bien sabido su papel: He vuelto –proclama–, de nuevo estoy en el sitio de antes, con estas manos levanté mi cabaña, no traicioné la confianza del Consejo. Ariadna corre, lo abraza, lo besa, un rugido de aplauso en mil voces recorre la isla (o lo que ahora sea esta tierra emocionada, vibrante, conmovida).

El Mensajero –sienten– ya no existe, su presencia es precaria, y más pronto que tarde se volverá inadvertida, un fantasma devuelto a la corriente de los hábitos, algo demasiado diferente o distinto, singular para, venido el caso, maldecirlo o gloriarlo en lengua de todos o de nadie –o en la lengua del griego, que va a morirse con él–; nadie dice lo que todos sospechan, duda de ninguno. En unos días, pues eso, volver a lo de siempre –y es más grande la patria–.

Las niñas, en la piel del Advenido, dibujan los trazos ya sabidos de la tribu, juegan a veces con él a pintarse los cuerpos. En la cabaña de la costa, patria de tres, Ariadna nada con torpeza bajo el mar, acompaña o sigue y casi siempre pierde al final el cardumen de peces. Un día ya no vuelve, patria remordida o mermada, y el griego entonces la recuerda en su lengua, la escribe y la recorre y la trae de vuelta sobre la tablilla encerada que siempre es la misma, y de tanto en tanto, borrada para retornarla a su letra. *Ah, perreras de escritorio* –se remuerde el viejo, alternando las lenguas–, y otean como siempre, remontando alaridos, mínimos chillidos de un júbilo idéntico, sus hijas la playa.

Addenda

Tres de los catorce relatos que figuran aquí se publicaron en 1997, en La Habana, junto a un cuarto, «La noche», en un volumen que llevaba por título *La demora*. Como «La noche» tenía poco que ver con aquellos («La reja», «La dilación», «Acteón»), y mucho menos con los otros once que los acompañan ahora, no aparece en este libro salvo en su mención de ahora. Quizá algún día se convierta en lo que debió haber sido siempre, novela o noveleta en cualquier caso un texto narrativo de unas ciento cincuenta o doscientas páginas en vez de las quince escasas que tenía allí. Pero a lo que iba: los otros tres, que aparecieron entonces y ahora como relatos, pertenecen –con las previsibles variaciones, pero tampoco tantas; muchas menos de las que cabría esperar, me parece– en verdad a una novela, *El puente sobre el río cuál*. Son capítulos o fragmentos de esa novela, no más, y a diferencia de lo que me ocurre con «La noche», no veo por ninguna parte la novela que podrían constituir por sí mismos. Si no me equivoco se escribieron los tres en Lima, entre el invierno de 1994 y el verano del 95. «La reja», el que prefiero de los tres, aparece también en los volúmenes colectivos *Nuevos narradores cubanos* (2000, Madrid: Siruela), *Des nouvelles de Cuba* (2001, París: Métailié) y *Armoa auringon alla* (2004, Helsinki: Like). «Acteón» apareció en la revista *Abril* (2001, Luxemburgo).

«Los Gemelos» y «Vir dolorum» se escribieron también en La Habana, en 1991 y 1992; pero se publicó antes el segundo, en la antología *Dorado mundo y otros cuentos* (1994, La Habana: Unión). «Vir dolorum» es un cuento que me sigue gustando de una manera especial, digamos que de una manera elocuente: además de ser de los primeros que publiqué, siento hoy en el texto una cierta llaneza y algo de ciega confianza en las palabras de las que hace mucho tiempo no soy capaz. Eso, por supuesto, no lo hace mejor ni peor como relato, porque como relato es lo que es y punto. «Los Gemelos» apareció en las páginas de *La Gaceta de Cuba* en 1996, y luego en los volúmenes colectivos *Cubanísimo: Junge Erzähler aus Kuba* (2000, Frankfurt: Suhrkamp) y *Maneras de narrar* (2006, La Habana: Unión).

«Stultifera navicula» –1994, también en La Habana– se publicó mucho después (más de doce años después, el 2007) en el número 43 de la revista *Encuentro*, en Madrid; hubiera preferido que se publicara entonces y allá, pero no pudo ser. «Custos Rotalorum» estuvo incluido en la antología *Líneas Aéreas* (1999, Madrid: Lengua de Trapo) y fue de todos el de publicación más rápida; es de finales del 98 y fue escrito en Madrid, casi por entero en las oficinas de una redacción de la calle Luchana, en los ratos libres que me dejaba mi trabajo de entonces. Me ha sorprendido a veces que suscite entusiasmos o rechazos que me resultan igual de desmedidos, aprobaciones o rechazos sin término medio, cuando para mí resulta más bien un cuento de felices términos medios. También de por esas fechas –1998 o 1999, ¿ya del 2000?– son «Los nombres del verano» y «Gestos».

«Gestos» no se había publicado hasta ahora. «Los nombres del verano» apareció en el número 24 de la *Revista Hispanocubana* (2005), pero con una peculiaridad: todos los saltos de párrafo habían desaparecido y se lo podía leer allí como un discurso continuo, el de una voz que hablara sin saltos ni pausa. El texto soportaba bastante bien esa gimnasia, aunque prefiero, está claro, la versión original, que es esta de aquí. Si me lo preguntaran tampoco sabría explicar del todo o no podría ilustrar con bastante convicción el porqué, pero es –ya sin afecto arbitrario, como sí ocurre con «Vir dolorum»– uno de mis cuentos preferidos, junto con «Arena de Praga» (escrito en el 2002, publicado en el 2004 en *La Gaceta*) y «La isla y la tribu», que da título al libro y es del verano del 97, se terminó en Madrid y no se había publicado hasta ahora.

También del mismo año que «Arena de Praga», el 2002, son «Tabula rasa» y «El verano al revés». Alguien me ha hecho notar que «El verano al revés» puede leerse como una variación de «Los gemelos», una suerte de contrapunto suyo con otro tono y otra piel pero que en última instancia desarrolla el mismo motivo, un motivo que dicho rápido y mal vendría a ser el de la relación interior con un orden que protegido protege y destruido destruye. Puede que sí, por qué no. También es susceptible, por supuesto, de otras mil lecturas distintas. «Koolhaas» (2004) es el más reciente de todos, y además de reciente me gusta demasiado la manera en que lo leyó alguien que quiero como para contaminar o desdibujar con algún otro comentario esa lectura: no lo tendrá.

Tanto «Koolhaas» como todos los demás que menciono en el párrafo anterior se publican por primera vez aquí.

Corolario: casi siempre se tiende a ver como lejano lo que ya está escrito y cerrado. Esa percepción se acentúa con los cuentos, cuyo registro (a diferencia de una novela, donde se dilata y varía y se actualiza siempre de mil modos) es único y es breve: será el que por suerte o por desgracia les toque, y no habría otro, sin remedio ese el suyo. El que tengan los condena o los salva, afirmará más de uno. Yo lo dejaría en certeza menos apocalíptica o taxativa y algo más reposada: por lo menos su registro los marca al punto de confundirse con ellos. Ni salvación ni condena, del mismo modo que transcurre en un tono o en otro –no condena ni salva, ni se merece o desmerece ni significa mucho tampoco: acontece y ya–, cualquier momento desligado de la biografía o del pasado de quienes se sumerjan en él y lo vivan sin más en el suyo.

A los intervalos entre uno y otro relato (y en consecuencia, a lo diverso de esos registros, a la sensación de que sus palabras sean ajenas o no del todo propias) viene a sumarse aquí el que se hayan publicado en momentos distintos. Ahora que escribo esta nota me percato de pronto, para más lejanía (aunque sea una distancia ficticia, una convención arbitraria), que la mayoría de los cuentos que figuran en este libro pertenecen al siglo XX, transcurrido y por así decir ya escrito y cerrado, pasado. De modo que todos o casi todos pertenecen a un tiempo en trance de hacérsenos remoto aunque no podamos, o no todavía, desembarazarnos de él.

Ahora bien, a pesar de tantas razones para no ser lúcido creo que todos comparten –si resulta que este libro es lo que pienso, si no yerro– un fondo común. Me explico: todo ejercicio consciente del lenguaje es una reflexión sobre el sentido, sobre la medida en que las palabras y cualquier narración, la historia o la memoria o lo que se cuenta a otro en voz baja, sustituyen aquello que se narra o recuerda o refiere por su propio trazado y nos lo devuelven hecho ya otra cosa al dotarlo de ilación, de verosimilitud, de graduadas intensidades que responden a la necesidad de escenificación de cualquier relato. Verosimilitud, continuidades, ritmos que no se corresponden –no las reproducen, sino que las articulan de nuevo– con las que haya o no habido en lo que se refiere o relata, aun si se trata de ficción; variaciones siempre a posteriori con respecto a aquellas, pero que transcurren sin remedio en presente con respecto a sí mismas, y que disponen un orden formal, en fin, que no es el del mundo, pero que es la única manera de contar el mundo.

Cada cual a su modo, todos los relatos aquí reunidos discurren o se desarrollan o transitan u operan (o todo eso a la vez) sobre esa ambigüedad esencial, tratan o conversan con ella.

Madrid, 2009

www.ingramcontent.com/pod-product-compliance
Lightning Source LLC
Chambersburg PA
CBHW030829020726
47499CB00006B/2124